Yasahashi Rakku
八茶橋らっく Illust ひげ猫
Reincarnated Dragon Knight Hero Tan
転生竜騎の英雄譚
～趣味全振りの装備と職業ですが、
異世界で伝説の竜騎士始めました～

Character
カケル
転生後、《Infinite World(インフィニット ワールド)》の
もととなった世界で
竜騎士となる。
アイナリア(人型)
爆炎竜の姿から魔術で変化。
カケルのことを慕っている。

ハーデン・ベルーギア
単身でナリントリ皇国の首都を
壊滅させた黒鋼の人造魔導竜。
アイナリア(爆炎竜)
火山地帯に住む炎竜系の
最上位種でカケルの相棒。
ラナ
ウルローシャ王国の王の隠し子。
高位の治癒スキルの使い手。

「ア、アイナリア……なんだよな？」
『そりゃそうよ。あんたの相棒、爆炎竜アイナリアよ！』
「……魔術で人間の姿になったのか」

「……どうして全裸なのですか!?」
『都合よく服まで生成できないわよ』
「待っていてくれ、すぐに出す」

「最後の勝負だ、皇国竜ッ!!」

ウオオオアアアアアアアアアア!!

Contents

転生竜騎の英雄譚

〜趣味全振りの装備と職業ですが、異世界で伝説の竜騎士始めました〜

八茶橋らっく

Jノベルライト文庫

〔イラスト〕ひげ猫

プロローグ
転生の儀

――天が裂け、地が砕かれて、大海が沸き、その驍勇（ぎょうゆう）に世は震える。

――其の者、猛き竜を駆り、無限の蒼穹に住まう者。

――其の者、輝ける巫女を傍らに、燦々たる奇跡を招く者。

――其の者、一振りの刃で数多（あまた）の魔を駆逐（くちく）せし者。

――黒より暗き鋼（はがね）を纏（まと）い、炎の帳（とばり）を得て降り立つは、悠久に輝く華の都。

――かくして其の者、仇（あだ）なす魔竜を天雷で破らん。

――転生竜騎の英雄譚

「照日翔さん。残念ながら、あなたは亡くなりました。享年二十一歳となります」

「……」

正直に言って、理解が追いつかなかった。

周囲は真っ白な空間で、物どころか凹凸一つすらない。

目の前には「俺が死んだ」と告げる、禿頭の老人が佇んでいた。

時代錯誤な茶殻色の着物に身を包み、顎から伸びる長い白髭を揉む様は、まるで秘境に住まう仙人のように思えた。

——ここはどこだ？　俺はなぜこんなところに？

そもそも俺が死んだとは何事だ。

死んだならなぜ、こうして物思いに耽ることができるのか。

諸々が纏まらない頭の中で、どうにかここに来るまでの記憶を思い出そうとする。

けれど靄がかかったかのように、頭の中がぼんやりとしてしまう。

まるで大切な何かが抜け落ちてしまったかのようだった。

「……ふむ、なるほど。なかなかどうして、思い出せない様子と見えますな。どれ、ここは一つ、この老骨に身を委ねてはいただけませぬか」

老人は俺の頭へと、深い皺の刻まれた手を乗せた。

さらにもう片方の手で、俺の両目を柔らかく覆った。

「それではしばしの間、お別れとなりますかな」

老人にそう言われた時には既に、俺の意識はゆっくりとどこかに吸い込まれるかのように、飛ばされていった。

＊＊＊

俺の人生は、端的に表せば……それほど恵まれていなかったのかもしれない。

現代日本に生まれたのだから、最低限の衣食住はどうにかなった。

でも、強いて言うならマシなのはそれくらいなものだった。

両親を亡くしたのは、ちょうど中学生の時。

茹だるような暑い夏の日、蝉の声が街全体に響き渡るあの季節に、俺は絶望の淵に突き落とされていた。

……死因は交通事故だった。

運転中、信号を無視した大型トラックに横から突っ込まれ、そのまま逝ってしまった。

しかもその日は俺の誕生日で、両親の乗っていた車からは、俺への誕生日プレゼントと潰れたケーキが見つかった。

……葬式の後、涙声で「すみませんでした。命は返せませんが、お金で償（つぐな）います」と必死に謝ってくる若いトラックドライバーに、俺はなんと言ったのだったか。

お前が代わりに死ねばよかった、などの恨み言を吐いて捨てたのか、罪を償えと言ったのか、はたまた何も言わなかったのか。

あの日を境に俺の世界は灰色に染まったかのようになっていき、当時の記憶は曖昧だ。

また、引き取られた先の親戚の家では、俺は明らかに歓迎されていなかった。

両親を亡くしてから塞ぎ込み、ろくに会話もしなかったのだから、尚更だったのだと思う。

……だからと言って、家の雑用を押し付けたり、俺にだけ適当な食事を食わせていたのはどうかと思ったが。

しかし泊めてもらっているから仕方がないと、俺は日々、両親を亡くしたままの薄暗い気持ちで雑用をこなしていった。

まるで、某魔法学校に通う前のメガネ少年のようだと思えた。

……しかし大学に進学する少し前には、そんな薄暗い気持ちも少しは晴れていった気がする。

要は己の中で過去や現実との折り合いがついてきたと、そんなところだろうか。

それから「いい大学に進学すれば、天国の両親も喜んでくれるだろうか」と思いつつ、雑用以外のほぼ全ての時間を使って受験勉強に没頭した後。

運も手伝い、俺はそれなりの大学へと進学していた。

学費については減免措置や奨学金を利用してどうにかなったが、大学入学と同時に親戚の家から出ていた俺は、今度は奨学金を借りつつ自分で生計を立てなければならなかった。

……生活費などの諸々(もろもろ)に充てようと思っていた、両親が亡くなった際の慰謝料や保険金などについては、気がついたら親戚に取られていたからだ。

取り返そうにも「返せ」と怒鳴り散らせばよかったのか、弁護士を頼ればよかったのか、学生だった俺にはよく分からなかった。

ただ、一度出たあの家にはもう関わりたくなかったし、あれらの金が、自分を除け者扱いした親戚との手切れ金だと思えば悪い気もしなかった。

それくらいあの家での生活は、俺にとって息苦しいものだった。

……とはいえ息苦しさの代わりに、今度はバイトの忙しさに襲われることになったのだが。

単位を落とさないように図書館に入り浸って勉強しつつ、他の時間は生活費を稼ぐため、掛け持ちのアルバイトに励む毎日が続いていた。

同年代の友人らがカラオケ、ゲーセン、果ては飲み会で騒がしく日々を謳歌していた中、一人勉強とバイトだけを交互に繰り返していた自分を省みて、虚しくならなかったと言えば大嘘になる。

俺だって人並みに遊びたかったし、できれば彼女だって作ってみたかった。

でも生きることに精一杯で、そんな余裕はとてもなかった。

それでも……それでも、悪いことばかりでもなかった。

「翔、翔」

そいつは中学の頃から付き合いのある、友人の一人だった。

天然パーマのかかった縮毛を揺らしながら、ある日、俺の家を訪ねてきた。

あの時の俺は、確か夜勤の後で、相当眠そうにしていたのだと思う。

天然パーマのそいつは俺を見るなり苦笑して言った。

「そんな人生つまらなさそうな顔すんなっての。ほら、これやるからさ」

そいつから差し出された買い物袋の中には、なんと新作のゲーム機とソフトが入っていた。

生活に困窮していた俺にとってゲーム機は高級品で、せいぜい数世代前の、両親が生きていた頃に買ってもらったものを持っている程度だった。

ゲーム機やソフトを受け取り、思わず「いいのか？　こんなのもらって！」と眠気の吹き飛んだ声で年甲斐もなくはしゃいでしまったのをよく覚えている。

友人は鷹揚に頷いて「一緒にやる仲間がほしくてさ。また暇のある時に連絡してくれ。通話繋げながらやるぞ」と手をヒラヒラさせながら帰った。

きっとあいつは、こちらの生活だけでなく心の内も分かってくれていたのだろう。

あの時ほど友人の気遣いに感謝したことはない。

また、その時に俺が受け取ったゲームソフトこそ《Infinite World》……世の中で一大ブームを巻き起こし、俺のその後の人生を明るくしてくれたものだった。

俺はそれから新作MMO《Infinite World》にハマり、やりこみまくった。

久方ぶりにプレイする新しいゲームは、俺の人生に新鮮な風を吹かせてくれるかのようだった。

異世界を舞台に活躍する俺のアバター「カケル」の活躍は、まるで俺自身が本当に異世界で冒険しているかのようで、胸が躍った。

鋭くも軽快な魔物の討伐アクション、千を超える装備の選択肢、友人と通話しながらの協力プレイ。

さらに《Infinite World》を通じて、リアルでの交友も少しずつ広がっていった。

どうしてこんなに楽しいゲームを今までやっていなかったのだろうかと、そんなふうにさえ思えた。

寝る間も惜しんで不慣れなゲームに没頭し、友人と日々クエストを攻略し、武装や戦略を練り上げていく毎日。

勉学、バイト、そして《Infinite World》。

いつしかこの三つが俺の生活を構成する要素となっていった。

そうやってやり込んだ末に「カケル」の名前とＩＤがプレイヤーランキング上位に載った日のことは、鮮明に覚えている。

それは、つい先日のようで……いいや。

「本当につい先日、三日前の話じゃないか」

そう、ランキングに載った三日後の夜更け、午前零時七分。

——俺は、住んでいた木造の安アパートで《Infinite World》をプレイしていた際、突然家に突っ込んできたトラックに……。

＊＊＊

「……そうか。俺はそうやって……死んだのか」

凄まじい音を立てながら壁を突き破り、家具をふっ飛ばして迫ってきたトラックを思い出す。

文字通り心臓が凍りつくかのような恐怖を最後に、俺の記憶はなくなり、気がつけばここにいたのだ。

老人は両手を下ろして、重々しく語り出した。

「全てを思い出しましたかな。……そう、あなたは亡くなった。両親と同じ、トラックによる事故で」

「……そう、ですか……」

記憶を思い出したのはいいが、残ったのは虚しさばかりだ。

いくらゲーム以外の娯楽がない日々だったとはいえ、未来に希望を抱いていなかった訳じゃない。

学業での成績を維持してゆくゆくは推薦で大企業に就職し、安定した生活と高収入を得て、悠々自適に暮らしていく。

バイト漬け、勉強漬けの日々とはおさらばして、奨学金も返済し、先に旅立った両親に恥じない人生を歩んでいく。

その、つもりだったのに……。

「……もしも俺が《Infinite World》なんてやっていなかったら。バイトの夜勤にでも出て、家に居なかったのかな……」

自嘲気味に呟けば、老人は首を横に振った。

「いいえ。その場合、あなたは心身を壊し学業やアルバイトどころではなくなっていたでしょう。自分でも分かっているのでは？　既に限界ギリギリまで学業とアル

「そうしなければ、生活費も稼げませんでしたから。それにちゃんと単位を取得しないと、奨学金だって止まってしまいます」

そう言ったものの、この老人の語った言葉も一理あるだろう。

もし《Infinite World》と出会わなければ、俺はストレスの解放先もなく、心身を壊していたに違いない。

俺にとってはそれくらい《Infinite World》という存在は大きなものだった。

この老人もそれを見抜いたからこそ、先ほどはああ言ったのだろう。

というか、今更だけど……。

「あなたは何者ですか？　ここが死後の世界だとすれば一体……？」

「ほっほっほ。ここが死後の世界であなたが死人であるならば。そんなあなたと、こうして語れる私を、あなたがたはなんと呼んでおりますかな？」

「……神様？」

老人は「然り」と頷く。

「その認識で相違ありません。私は日本を担当する神の一柱。そして、死したあなたをこれから導く者です」

「……ってなると、天国か地獄へですか？」

その二択で行くなら当然、天国がいい。

清廉潔白とまでは言わないまでも、そんなに大きな罪を犯した覚えもない。

――生きている頃はあんなに苦労したんだから、せめて死後は楽に過ごしたい……。

心底そう思っていると、老人こと神様は苦笑した。

「いいや、少し違いますな。あなたは地獄へは落ちません。だからあなたを導く先は天国か……あるいは異世界になりますかな」

「……はい？」

間の抜けた声を出してしまった。

あの神様、一体何を仰ったのですか。

異世界？　今、異世界と言いましたか？

「そんなに目を丸くしなくとも、今から説明はしますとも。さて、死後のあなたを他の神ではなく、私の元へ招いた理由も一緒に語りますがね」

神様は右手を胸元くらいの高さに持ち上げ、いかなる力か、そこから閃光を放った。

輝きが収まると、なんと神様の手元には《Infinite World》のパッケージが。

「えっ……？　《Infinite World》⁉」

「ははっ、驚きましたかな。そう、これはあなたも生前プレイしていた《Infinite World》で間違いない。そして……これを作ったのが私だと言ったら、あなたは信じますかな？」

「……は？　……はあぁっ⁉」

素(す)っ頓狂(とんきょう)な声を上げ、思わず後退ってしまった。

そんな馬鹿な、いくらなんでも神様が《Infinite World》を作ったなんて……いや待て！

「前にネット掲示板で見た記憶があります。《Infinite World》の開発に深く携(たずさ)わり、特に世界観設定についての担当者は、茶の間でのんびりしていそうなおじいちゃんだって噂を……！」

「うむ。それ、私ですな。下界に行く時は服装を変えるくらいなので、見ての通りの見た目ですよ。それと確かに世界観設定やらキャラ設定とか、色々携わりましたが。いやー楽しかったですな。はははは」

朗らかに笑いつつ、神様は白髭を揉んだ。

「いやでも、どうして神様がゲーム制作なんてやったんですか？」

「そりゃ暇だったからですな。基本的には神の仕事なんてそれなりにいる部下にやってもらいますゆえに」

「ひ、暇。つまり趣味の産物みたいなものと」

あれだけハマっていた《Infinite World》の制作秘話が、まさか文字通りの暇を持て余した神の遊びだったなんて。

聞きたくなかったような、いや、やっぱり聞いておきたかったような。

微妙に複雑な心持ちでいると、神様は話を続ける。

「ただ、私も理由もなくあれだけ作り込んだ訳では……否、真似した訳ではなく」

「真似？　つまりあのゲームって何かのパクリだったんですか？」

「パクリと言うより、モデルがありまして。それがこれからあなたに紹介したい異世界です」

神様は手にしていた《Infinite World》のパッケージを消し、懐からスマートフォンを取り出し、そこに映像を映した。

まさかのアイポン・テンである。

――使うの、鏡とか神器的なアイテムじゃないんだ。えらくハイテクな神様だ……。

「この画面を見てくだされ」

「ええとこれ、《Infinite World》のチュートリアルに出てくる始まりの街ウルストロでは？」

「理解が早くて助かります」

神様の手に握られているアイポン・テンで再生されている動画は、間違いなくウルストロのものだった。

俺が、いいや、全てのプレイヤーが《Infinite World》で初めて訪れる街、それがウルストロなのだ。

印象深く記憶に残る中世風の街並みや住人の姿を、見間違えるはずもない。

……ただ、街の住人の動きがどうにもリアルだ。

こう、端的に言い表してしまうと明らかにＮＰＣっぽくない。

挙動が細(こま)かで精密かつ、口の動きなんかも明らかにゲームでのセリフとは違う。

「流れ的にまさかと思いますが、これって異世界現地の映像ですか？」

「うむ。まさにあなたへ紹介したい異世界そのものです。この美しい世界は私も非常に好んでいましてな。前に担当していた世界なのですが、それが今も忘れられず、あなたのいた世界の日本でゲーム化して再現したという顚末になります。……まあ、ゲーム化すれば私もあの世界をいつまでもプレイという形で体験できると思った次第ですよ」

神様は「未練がましいかもしれませぬが、それが《Infinite World》を作った最大の理由で」と笑った。

「なるほど……。ひとまず、神様が実際にある異世界をモデルにして《Infinite World》を作ったのは分かりました。しかしどうして、俺をその異世界に導こうと思ったんですか？」

「それは当然、あなたが《Infinite World》を、あの世界を愛してくれているからですよ。違いますかな？　ランキングプレイヤーのカケル殿」

どうやら神様は、俺がランキングに載ったのを知っているらしい。

――神様に、それもゲームの運営側の方にランキングプレイヤーと認識されているなんて、光栄じゃないか。

ともかくああ問われれば、答えは一つだった。

「はい。俺は《Infinite World》が、世界観も含めて全てが大好きでした。両親を亡くした後、生きていて唯一あんなにも楽しいと思えた瞬間。それはあのゲームをプレイしている最中でした。それは間違いのない事実ですから」

「よろしい。あなたと私は同じ世界を愛する者同士。だからこそ、ぜひあなたをあの世界へ送り出したいのですよ。そうしてあなたにも感じてほしい。本物の異世界、本物の魔術、本物の冒険を……」

神様は、どこか懐かしげな瞳をしていた。

現代日本にこっそり降り立ち、わざわざ《Infinite World》を作った神様だ。

きっと昔は《Infinite World》の元になった異世界に降り立って、冒険なんかもしたのではなかろうか。

だからこそ、その異世界を心から愛し、ゲームとして再現するまでに至ったのだと思う。

神様は懐から、もう一つのアイポンを取り出し左手に持って、こちらに見せてきた。

「照日翔、あなたに改めて問います。こちらに映っているのは天国での光景。ずっと寝て、食べて、また寝るくらいの未来しかあなたに用意できない場所です。けれど望めば、ほぼ永遠にそうしていられる。ある意味、夢のような生活かもしれませぬ」

神様は改めて、異世界の光景が映る右手のアイポンも見せてきた。

「そしてこちらに映っているのは異世界。こちらを選べば、あなたは無限の可能性を得る。勇者か魔王か、はたまた小市民か。あなたの好きに生き、好きに終わることができます。されど責任と運命もまた、あなた次第と知りなさい」

神様は「さて、あなたはどちらを選びますかな？」と左右のアイポンをこちらに差し出してくる。

俺は当然、異世界を映し出しているアイポン・テンに触れた。

「よろしい。それがあなたの選択なら、私は全力をもってあなたを送り出そう。《Infinite World》でのあなたの力、外見、スキル……全てを授けます。異世界ですぐに死んでしまわれては、私も悲しいですから」

話の内容からして、俺の《Infinite World》でのアバターが、ある意味では来世での俺の肉体になるという解釈でいいのか。

裸で異世界に送り出されるよりは全然いいどころか、至れり尽くせりだ。

「神様、ありがとうございます」

「この程度なら構いませぬよ。あなたが積み上げてきた力を、異世界での生に反映するだけですから。無から有を生み出す訳ではないのでね。……しかし強いて言うなら、ランキング報酬を受け取らずに死んでしまったあなたへの餞別とでも思っていただければと。気負うことなく、受け取ってくだされ」

神様は左手のアイポンをしまい、右手の異世界が映されていたアイポンを操作した。

うーむ、手続きはこうかなとか呟いているあたり、今時の異世界転生手続きはスマートフォンで近代的に行うものらしい。

「……よし、手続き完了です。それではこれより、あなたを異世界へ送り出しましょう。若人よ、次の人生は幸多からんことを」

俺の胸に手を押し付けた神様は、柔らかな熱をこちらに送ってきた。

不思議な感覚が、体中にじんわりと心地よく広がっていく。

直後に足元へ、幾何学模様(きかがくもよう)が刻まれた魔法陣が何重にも浮かび上がる。

その輝きが頂点に達した瞬間、俺は――

「転生の儀、執行」

――異世界へと、送られたのだった。

第1章
異世界と相棒

目を開けると、そこはそよ風の吹き抜ける草原だった。

思わず深呼吸をしてしまうほど、空気がうまい。

大学のあった都会の、少し息苦しく感じるようで、ほのかに排ガス臭のする空気とは真逆だった。

見上げれば空は青く高く、どこまでも続いているようで、それが神様の言った「無限の可能性」というやつを感じさせてくれた。

「街は……あれか」

見回すと、遠方にぽつりと街らしきものが見える。

《Infinite World》と同じ赤い煉瓦造りの外郭から、あれがウルストロではなかろうか。

いきなり街に降り立っても、現地人の方々が驚くだろうから、という神様の配慮だろう。

もしくは始まりの街ウルストロでなくとも、いきなり別の場所へ向かうのもありだと言われている気がした。

「それで、俺の姿はと……おお！」

自分の姿を見て、思わず声をあげてしまった。

神様は《Infinite World》での力、外見、スキルなど、全てを俺にくれると言っていた。

そして今の俺の格好はまさに《Infinite World》で設定していた装備そのものだった。

身に纏う鎧は漆黒を基調とし、竜の角や鱗、希少な鉱石や金属類、そして金を大量につぎ込んで作ったものだ。

しかし鎧は大柄でゴツゴツとした印象ではなく、体の線に沿って作られたかのような機能美も感じさせるデザインをしている。

所々に細やかな金や銀の意匠が散りばめられ、陽の光を受けて輝いている。

左右の二の腕に薄く象（かたど）られた竜の紋章も、密かなオシャレポイントだと俺は思っている。

そう、この漆黒の騎士のような鎧こそ、俺が《Infinite World》で愛用してやまなかった装備、通称「天元一式」である。

《Infinite World》の本編ストーリーのラスボス、天元竜グラン・リ・ウルスのクエストをマラソンして作り上げた全身装備一式……ではあるのだが。

……残念ながら、この装備は前世では散々ネタ扱いされていた。

理由については、火力最強防御最硬体力鬼畜のラスボスをマラソンして作らなきゃいけないくせに、装備の防御力も固有スキルも終盤装備の割に微妙なのだ。

ぶっちゃけ労力に釣り合わないというか、そもそもラスボスをマラソン攻略できる装備の方が圧倒的に火力も出るしスキルだってモリモリだ。

「まあ、そんなだからラスボス装備より、その前段階でできるマラソン装備の方が使い得ってのは分かるんだけど……」

しかしそのマラソン装備、ビジュアル的には正直微妙だ。

全身各所に纏う防具は、スキルを効率よく運用する都合上、種類的には全てバラバラなのだ。実際、キメラっぽい。

だがゲームをやるなら、格好いいアクションで魔物を討伐するなら、プレイヤー

の装備だって格好よくしたいのである。

これは譲れない俺のこだわり、《Infinite World》を楽しむ上で外せない要素だった。

そんな訳で、性能はともかく、俺はこの《Infinite World》でビジュアル的には一番気に入っているラスボス装備を愛用していたのだ。

……たとえそれで、友人から「ロマン装備大好きじゃんお前ｗｗ」と笑われようともだ。

それにこうして異世界に来てみれば、自分の装備がこれでよかったと思える。

あんなキメラ装備で人前に出たくない。

色がごちゃごちゃしていて、あまりにも奇抜すぎるだろう。

「次にポーチの中には……よし、アイテムは入っているな」

見たところ、ハイポーション、スタミナポーション、アンチドーテなど、最低限のアイテムは腰のポーチに格納されていた。

では他のアイテムや装備って、一体どこに行ったのだろうか。

「《Infinite World》だと全部、アイテムボックスに一纏めに……ん？」

何となくアイテムボックスと呟いた途端、視界に半透明な画面、ＰＣのウィンドウらしきものが表示された。

さらにそこには、《Infinite World》そのままのアイテムボックスが映っている。

「触れば操作できるってことか？」

アイテムボックス内のハイポーションに触れた瞬間、その横に説明欄と思しき別の枠が現れた。

《ハイポーション》
個数：256
体力回復用の薬液。ポーションを強化することで得られる。

「おお、ここもゲームのままじゃないか……言語以外」

なぜ読めるのかは不明だが、ウィンドウの表記は初めて見る文字になっていた。

これは異世界現地の言語だろうか、読めるから問題ないけれど。

次に画面を縦にスクロールすれば、アイテムボックス内には確かに、自分のアイテムや装備が全て格納されていた。

しかし《Infinite World》と違うところとなれば、やはり。

「体力、スタミナ、魔力のバーゲージがないな」

《Infinite World》のプレイヤーは全員が冒険者であり、彼らは冒険に必要な体力、スタミナを保持し、魔術を扱える者を指す……と公式設定にあった。

なので《Infinite World》では武器によるアクションの他、魔力ゲージを消費しての魔術行使が可能だった。

「体力、スタミナは体感で分かる可能性があるからまだいい。でも魔力ゲージがないと残量が把握できなくてきつくないか?」

そもそも今の俺は魔術がちゃんと使えるのだろうか。

《Infinite World》で魔術を放つ際は、ボタン同時押しのコマンド入力で設定してある魔術を起動、といった寸法だった。

しかしここは異世界、ボタンなんてものはない。

俺が転生前に設定していた魔術は三つ。

回避性能を一定時間向上させる《ウィンド・アクセル》

攻撃力を大きく強化できる《剣舞・炎天》

そしてネタ枠と呼ばれようと決して捨てなかった《サンダーボルト》

この三つである。

《サンダーボルト》は「スキルや武器強化の魔術を使ってから直接殴った方が強いだろ」と散々友人に言われてきたが、いいや、手から稲妻を放てるなんて格好いいじゃないか。

これで大型の魔物にとどめを刺した時は、テンションが上がったのをよく覚えている。

ついでに《サンダーボルト》を絶対に設定魔術から外さなかった理由は、他にもあるのだが……今はいいか。

「問題は異世界での魔術の起動方法。……まさか詠唱するのか？」

俺もゲーム仲間に勧められ、少しはアニメや漫画を嗜んでいた身だ。

異世界での魔術起動には詠唱が必要というイメージならある。

あるけれど、肝心の魔術の詠唱、あれはどこかに記載されていないものか。

「さっきのウィンドウのどこかにないのか？」

表示はアイテムボックスだけなのか？　と思いつつウィンドウをいじれば、今度は横スクロールで画面が切り替わった。

現れたのは俺のステータス欄だった。

□□□

名前：カケル
冒険者ランク：なし
防具：天元一式
武器：天元之銀剣
職業：テイマー（兼剣士）
体力：１０００
スタミナ：１０００
魔力量：１０００

□□□

えらく簡単な表記だが、これは神様が異世界版ステータス欄として、オリジナルで作成したからではなかろうか。

バーゲージとして体力、スタミナ、魔力残量が把握できれば一番だったが、ひとまず各値の残量はこれで把握できるようになった訳だ。

ただ、ここでまた気がついた点があった。

「職業がテイマー兼剣士ってなると、まさか《Infinite World》での相棒もそのままなのか？」

即座に《職業：テイマー（兼剣士）》の部分をタッチすると、追加ウィンドウで《相棒：爆炎竜アイナリア》と現れた。

テイマー、それは《Infinite World》におけるエンドコンテンツの一つだ。

運営側……今思えばあの神様の粋な計らいかもしれないが、要は「今まで倒した強力な魔物を従えられるよ」「お気に入りの魔物と冒険しよう」といったものだった。

しかしボス魔物を操りつつプレイヤーの装備がそのままではあまりに強力すぎるためか、テイマーには様々な縛りが課されていた。

攻撃力や防御力の半減、取得可能なスキル数の制限、武器は長剣、槍、弓の三種のみの限定など、テイマーになるとステータスに大幅な下方修正がかかってしまうのだ。

そのため「だったら攻撃強化系や回避系スキルをいっぱい取得した方が普通に強

い」とプレイヤーの間で通説になり、やはりテイマーはネタ扱いになってしまった。

しかも従えた魔物の挙動がバグっぽく、修正前は、同じパーティーの仲間を襲撃することさえあったのだ。

それでも俺は「竜に乗れたらかっこいいだろ！」と基本的にはテイマーを職業として選択していた。

つまりは竜騎士、ドラゴンライダーごっこである。

ちなみに俺がテイマーじゃなかったのは、仲間と本気でランキングを目指した時くらいだったものだ。

「詠唱や起動方法が不明な魔術はさておき、この際だ。相棒の方から確かめるか……！」

俺は《相棒：爆炎竜アイナリア》の下に現れた《コール》表示を押した。

するとアイナリアが目の前に現れてくれると……！　……期待していたのだけれど。

「……何も起こらないな」

そもそも《Infinite World》だと相棒の魔物は、魔法陣による召喚で現れていた。

同じように現れるのかと思ったが、どうやらそうでもなかったらしい。

「異世界ならドラゴンに会えるって期待していたんだけどなぁ。そこまで甘くないのか？」

ならこの《相棒：爆炎竜アイナリア》って表示は一体、と神様に聞きたい気分だった。

しかし何も現れないなら仕方がない。

諸々について最低限のチェックは終わったし、そろそろ移動してみるか。

……そう思った時、突如（とつじょ）として暴風が吹き荒れ陽光が影に閉ざされた。

思わず見上げると、そこには太陽を背に、真紅の双翼の持ち主が滞空していた。

そいつは俺の前に着陸し、首を低くしてこちらを見つめる。

陽光を照り返す赫々（かっかく）の鱗、大地を踏みしめる強靱（きょうじん）な四肢、頭部から伸びる鋭い一角。

精悍な顔つきながら、理知的な瞳に俺を映すそいつは、爆炎竜と呼ばれる種族のドラゴンだった。

火山地帯に住まう、炎竜系の最上位種。

《Infinite World》と同じく、目の前に座り込んで俺の指示を待つそいつは、間違いなく相棒のアイナリアだと直感的に理解できた。

さっきのコールで、どうやらうまくアイナリアを呼べたらしい。

——これが本物の竜。ゲーム以上に格好いい……！

魔物と言えば竜、異世界と言えば竜。

自分の中でそう紐付けられているほど、竜という存在には思い入れがあった。

前世では色々と不自由していたからだろうか、自由自在に大空を飛び回る彼らの姿には憧れすら抱いたものだ。

本物の竜との対面に嬉しくなって、アイナリアの頭へとつい手を伸ばしてみる。

鼻先を撫でてやると、アイナリアは気持ちよさそうに目を細めた。

「ツヤツヤしていて触り心地がいい鱗だな。……っと、こうやって語りかけるのは初めましてになるのかな。《Infinite World》じゃ魔物との会話機能はなかったし。これからよろしくな、アイナリア」

するとアイナリアは目を丸くして、ピクリと体を震わせて反応した。

目を何度も瞬かせ、こちらを凝視している。

『えっ……カケル。あんた今、なんか話した⁉』

「んっ？　アイナリアこそ今話さなかったか⁉」

驚いた声音のアイナリアに、俺の方こそ驚きを隠せない。

《Infinite World》では会話可能な魔物は一部存在したが、竜にはいなかった。

まさか異世界では、竜とは普通に喋るものなのか。

互いに見つめ合っていると、先に吹き出したのはアイナリアだった。

『ぷっ……あははっ！　何よカケル、あんた普通に話せるじゃない。今まで話しかけても無視されっぱなしだったから、耳が聞こえないのかと思っていたわ！　何か言っても、魔術関係だけだったし』

アイナリアは尻尾を左右に振り、嬉しそうに鼻先をこちらの胸元に押し付けてくる。

そんなアイナリアを撫でながら、俺は言った。

「ある意味だけど、耳が聞こえなかったのは間違いないかな。……とある神様に、この世界で耳が聞こえて、話せて、生きていけるようにしてもらったんだ」

『どういうこと？　……まあいいわ。カケルと話せるようになったんだもの。今まで無視されてきた分はいっぱい構ってもらうから。まずはこの一週間、どこにいたの？』

「ええと、一週間？」

アイナリアは『……はい？』と首を捻ってから語り出した。

一週間前、俺がガナクトール山での冒険中、突然いなくなったこと。

アイナリアはそれからずっと、俺を探して飛び回っていたこと。

そうしたら今日、いきなり呼ばれた気がして、この草原にやって来たら俺がいたこと。

「なるほど。確かに俺は……」

前世で死ぬ前、アイナリアと火山地帯のガナクトール山にいた。

仲間とは別にソロで、鉱石系の素材を集めていたのだ。

前世とこの世界で、俺が転生するまでの時差みたいなものがあって、それが一週間だったのだろう。

しかしアイナリアの話を総合すれば、アイナリアはずっと実際にこの異世界にいて、俺のアバターも今まで異世界にいたって話にならないか。

それとも俺の持つ装備やアイテム同様にたった今、アイナリアも《Infinite World》からこの異世界にやって来たということになるのか。

真実を知るのは神様くらいだが、アイナリアが俺の相棒という点には変わりないなら、今はそれでいいのだろう。

何よりこの際だ、アイナリアは友好的なようだし、こちらの事情を全て語ってしまおうか。

「なあ、アイナリア。実はだな……」

信じてもらえるかはさておき、俺はアイナリアに全てを話した。

前世の話、神様の話、たった今異世界に来た話。

するとアイナリアは『うーん』と唸った。

『今の話、全体的に結構突拍子もないけど……うん。でもさっきカケルに呼ばれた気がした時、飛んでいる最中に変な雲に入ったのよね。一瞬だけ魔法陣が現れて光った雲に』

「なら、アイナリアはその雲を通ってこの世界に？」

『分かんないわよ。カケルが世界を超えて来たなら、あたしにだってその可能性はあるけど……ま、いいわ』

「……そんな簡単に、いいのか？　俺の都合で、《Infinite World》の中から異世界に連れて来られたとしてもか？」

ゲームの中とはいえ、アイナリアにも親兄弟、仲間がいたのではないか。

それを思うと申し訳なくなってくる。

アイナリアは長い首を横に振った。

『いいのよ。あんたと契約する時、焔の竜神様に誓ったもの。《汝の誇りは我が翼に。我が翼は汝の導に。我ら、命運を共にする者なり》……って！　誇り高き爆炎竜が、誓いを破るなんてことしたら末代までの恥よ恥！』

アイナリアは力強くそう言い切った。

そういえば魔物をテイムする前、《Infinite World》の表示でも《汝の運命は我が翼に。我が翼は汝の導に。我ら、命運を共にする者なり》という表示は確かにあった。

テイマーと魔物を運命共同体にする儀式、とでも言ったらいいのか。

星の輝く夜空の下、今のセリフが画面の下に映り、幾重にも束ねられた魔法陣の上にアイナリアが鎮座するシーンが流れていた。

あれは《Infinite World》の仕様でありながら、アイナリア自身の誓約の言葉でもあったのだ。

『何よりカケルからは嘘の匂いがしないもの。信じるわ。あたしの鼻と、あんたの言葉を』

アイナリアにこうまで言われてしまえば、是非もない。

「ならアイナリア、改めてこれからよろしく頼むよ。初めての異世界で不慣れな部分もあるだろうけど」

『でも元々、あたしやカケルのあばたーって肉体がいた……げーむ？　ってところとこの世界、ほぼ同じなんでしょ？　なら任せておきなさいな！　あんたが歩みを止めない限り、今まで通り、あたしはカケルの翼になるわ！』

アイナリアは俺に前脚を差し出してきた。

俺はアイナリアの爪を握り、それで握手とした。

異世界生活が一人スタートじゃなくて、本当によかった。

第2章
中ボスと姫様と

『さ、あたしの竜騎士様。これからどこ行って何するの？』

茶化したような物言いのアイナリアに、俺は「テイマーの間違いだ」と返事をした。

『似たようなものでしょ？　こういうのは雰囲気が肝要なのよ、雰囲気が。それで、行き先は？』

「とりあえず冒険者登録ができる街だな。多分、今の俺はどこのギルドにも所属していない状態になっている」

視界の端に表示されるようになったウィンドウに触れ、自分のステータスを改めて確認する。

するとそこには、やはり《冒険者ランク：なし》の表示が出ていた。

「これ、確か《Infinite World》でもギルド加入前にはこんな表示だったんだよな」

『表示？　……ふーん。カケルの体力とかってこんなふうに見えるんだ。他に魔力とかも』

「アイナリアにも見えるのかこれ？」

『うん、全部見えるわよ。逆に他の人とか魔物には見えないものなの？』

「多分な」

《Infinite World》でも他人のステータスは基本、覗き見不可能な仕様になっていた。

鑑定系スキルや魔術を使えば一部の確認は可能だったが、それでも基本、状態異常などを確認する程度なもので、魔力までは見えなかったはずだ。

「俺のステータス欄が見えているなら話は早いよ。この通り、俺の冒険者ランクはなしになっている」

『それってやばいの？』

「やばいというか、ギルドに所属していれば最低級のFランク表示は出るはずなんだ。それすら出ないってなるとつまり、俺は《Infinite World》と違ってギルドに加入してないって話になる。また最低級からのやり直しかもな」

『えっ？　本当の意味で最初から？』

「恐らくな」

『え……えええええええっ⁉』

アイナリアは声を大にして叫んだ。

『ちょっ、まっ……待って嘘でしょ⁉　あんたのランクを最上位のSSSまで上げるために、どんだけ苦労したか覚えてる⁉　特にSSランク昇格にあれだけ苦労したのに⁉　また超大型ヒュドラ三体の同時討伐とかやるの嫌よあたし‼』

全くもって耳が痛い話だった。

ラスボス討伐のクエストを受けられる最低ランクはAだ。

そして俺はAランクの時にラスボスである天元竜を攻略し、エンドコンテンツであるテイマー職を得て、アイナリアをテイムするに至った。

そこからはほぼずっとテイマーだったので……楽しくはあったけれど、最上位ランク到達までは縛りプレイもいいところだった。

自分に圧倒的なデバフがかかっていたので、アイナリアと一緒に何度も死にかけたのをよく覚えている。

そんなだから、アイナリアの言い分はごもっともだった。

「でもそう言うなって。装備もアイテムも整っているから、やろうと思えばできなくもないはずだ」

——もっとも、《Infinite World》と同じ動きが今の俺にできればだけれど。

「ともかく、今は街へ行こう。冒険者ギルドがある街へ。そこで冒険者登録を済ませないと話にならない」

『はぁ、りょーかいよ、りょーかい。ただそうね……栄えある爆炎竜の相棒が、そこいらの田舎ギルド所属じゃあたしも困るのよね』

「……つまり？」

『せっかくだし、王都のギルドにでも行かない？』

「王都フィレンクスのグローリアスか」

《Infinite World》では、プレイヤーは最初、全員が始まりの街であるウルストロのギルドに加入する。

しかしその後、ストーリーを進めて行ける土地を増やせば、雪原や砂漠地帯などの地方ギルドにも好きに加入できる。

冒険者ギルドは様々な街、場所に存在しているのだ。

そしてこのガイアアナ大陸最大の国、ウルローシャ王国の王都フィレンクスにはグローリアスという冒険者ギルドがある。

設定上は強者揃いの、華の王都に相応しい超大手ギルドだった。

「王都には人や情報が集まるだろうしな。この世界を知るって意味でも、大きなギルドに加入するのは悪くないかもしれないな……」

『そうよそう！　せっかくなら大きなところで華々しく戦果をあげてやりましょ！　あたしたちの竜騎士伝説、この世界でもう一回やり直すわよ！』

竜騎士伝説とは、またかなり張り切った言い方だ。

けれどアイナリアもこんなにやる気なのだし、俺もせっかく異世界に来た身だ。

もうバイトに学業や、身内との関係で苦しむこともない。

自分の心に従って、自由に生きられる環境にいる。

ならば神様の言う「無限の可能性」とやらを信じて、自分の気が赴くまま、もう一度最上位冒険者を目指してのし上がってやるのも悪くない。

「あんなに頑張って集めた装備もあるし、この先ずっとうだつが上がらないままじゃ面白くもない。……よし。なら俺たちの当面の目標は、最上位冒険者だ！」

『そうと決まれば、さっさと王都まで飛んでいくわよ！　カケル、乗りなさいな！』

アイナリアは背を低くして、俺がよじ登りやすいようにしてくれた。

《Infinite World》では依頼地へ向かう描写について、テイマーは相棒の魔物に乗っていくようになっていた。

だからアイナリアにとっては、俺を乗せて飛ぶのはいつもの話なのだろう。

……前世では飛行機すら乗った経験がないので、正真正銘の初フライトになる訳だが。

「でも不思議だな。怖くないし、安定した乗り方や位置も分かる」

これは何となくの憶測になるが、多分今の俺の中身、精神的には前世の自分とゲームアバターのカケルが上手く統合している状態なのではなかろうか。

肉体の方はそのままゲームアバターと見て間違いない。

今更ながら、精神が前世のままならさっきアイナリアが現れた時点で、いくら憧れのドラゴンだとしても多分腰を抜かしていただろう。

もっといえばウィンドウに表示されている異世界語を読めるのも、アバターがゲーム内では読めていたから、と考えればそれで説明がつく。

鱗の凹凸などを掴んでアイナリアの背を登り、しっくりする位置で座り込む。

「頼むぞ、アイナリア」

『任せなさいって。方角も覚えているし、王都までひとっ飛びなんだから』

アイナリアは大きく翼を広げ、一気に羽ばたいた。

一瞬体が沈み込むような感覚の後、アイナリアは力強く上昇していく。

そのまま一気に空へと向かい、すぐに地上の景色が豆粒のようになった。

「やっぱりさっきの街はウルストロだったんだな。上から見るとよく分かるけど、少し懐かしい気分だ」

『カケルはウルストロに行くつもりだったの？　……あそこ、駆け出し冒険者が集まる街でしょ？　あんなとこでカケルが冒険者登録したら嫌味よ、嫌味』

「そうか？　……あまり深く考えてなかったけど、一応装備は天元一式だしな」

『天元竜を単身で倒したカケルも十分化け物だし、やっぱりグローリアスかそれに負けないくらいのギルドがいいわよ。もしくはカケルが前に所属していた、あそことかね』

「あそこって、ああ。アークトゥルスか」

俺が《Infinite World》にて最後に所属していたギルドは、東の四大ギルドのアークトゥルスだった。

《Infinite World》には東西南北に四大ギルドと呼ばれる主要ギルドがあり、アークトゥルスはその中の一つだったのだ。

ちなみにアークトゥルスでも最上位冒険者認定試験に該当するクエストを受けることは可能で、確かグローリアスの他には四大ギルドでのみSSランクに上がれたはずだ。

思えば、アークトゥルスには前世のゲーム仲間と過ごした思い出も数多く残っている。

どうせ最上位を目指すなら、またあそこに戻るのも悪くない。

そう思いつつ、やっぱり王都よりもある程度土地勘があるアークトゥルスに行かないか、とアイナリアに提案しようとした……刹那（せつな）。

『カケル、掴まって！』

「……おうっ！」

アイナリアの背にしがみついた瞬間、アイナリアが横に一回転した。

直後、アイナリアすれすれに、直下の雲から紫の光線が伸びていった。

『今のは……!?』

アイナリアが閃光の飛んできた方向を向き、息を飲んだ。

——今のはまさか……！

これでも《Infinite World》をやり込んでいた身、今の紫の閃光だけで何者が放ったものか、俺にはすぐに把握できた。

けれど、半信半疑でもあった。

何せ今の閃光もとい、ブレスを放てるのは……！

「……皇国竜ハーデン・ベルーギア!?」

『グオオオオオオオオオオオオオオ!!』

咆哮（ほうこう）を伸ばしながら、雲の帳を四枚の翼で引き裂いて、アイナリアの倍はあろうかという巨躯が姿を現した。

皇国竜ハーデン・ベルーギア。

左右に三対、計六つの瞳を持ち、二対四枚の大翼を広げる、自然に生ける竜ならざる黒鋼の人造魔導竜だ。

《Infinite World》のストーリー中盤におけるボスの一体で、設定的には「隣国のナリントリ皇国が起動するも制御に失敗し、皇国の首都を更地（さらち）にした後、プレイヤーの拠点とする王国に迫ってくる」といった流れで戦う相手だ。

そしてエネミー的な特徴としては、倒すごとに体の拘束具が外れて形態が変わり、復活してくる点が挙げられる。

ストーリーの選択にもよるのだが、最低でも三回は会敵する。

挙げ句の果てに武闘魔界と呼ばれるランダムボスラッシュコンテンツでは中ボスとは思えないほど強力な最終形態で現れ、TAを妨げる難敵として非常に嫌われてもいた。

……さて。そんなハーデン・ベルーギアが目の前にいるとなれば、つまりだ。

「ナリントリ皇国の首都を更地にして、ちょうど王国に迫って来たタイミングか!!」

『オオオオオオオオオオオァァァァァァァァァ!!』

濁った咆哮を轟かせ、ハーデン・ベルーギアは人造らしいツギハギだらけの巨躯で迫りくる。

そういえばストーリーだと、ハーデン・ベルーギアはウルストロ付近を通過したとか、そんな会話がNPCとの間にあった気がする。

「全く、皇国の連中はどうしてあんな化け物を作ったんだ……!?」

ゲームだったら「世界征服でも企んだか?」で終わるが、ここは現実。

——転生早々にボス魔物に絡まれるなんて、冗談じゃない!

神様もどうしてハーデン・ベルーギアがここを通過するタイミングで転生させた

のか。

意地悪をしそうな人柄には見えなかったが、転移場所やタイミングはランダムとかそんな事情でもあるのか？

『カケル、どうする⁉』

思考に耽っていた最中、泡を食ったようなアイナリアの声で意識が現実に戻る。考えるのは後だ、今はこの窮地を脱するのが先決。

「距離を取ってくれ！　速度ならアイナリアの方が間違いなく上だ！」

『了解！』

アイナリアは速度を上げ、ハーデン・ベルーギアから離れていく。

奴は体に巻きついている拘束具が邪魔をしてか、各所が自由に動かないらしく、アイナリアほど素早くはない。

何よりあいつは大柄で体が重い、身軽なアイナリアが速度で後れを取る道理は一切ない。

……だが、奴は人造の竜ゆえに、自然界の竜が決して持たない攻撃手段を持っていた。

ハーデン・ベルーギアは背の装甲を開き、風を切る音を立てながら十発ほどの円錐形の物体を射出してきた。

「くそっ！　ミサイルまでゲームと同じかよっ!!」

正式名称は魔力式誘導弾だが、通称はミサイルだし当たれば普通に爆裂する。

《Infinite World》では全弾当たったところで体力が半分削れる程度だったが、実際にはどうなる。

……手足が吹っ飛ぶ可能性など、考えたくもなかった。

『いつもの魔術で迎撃できないの⁉』

「《サンダーボルト》か？　……すまない、今は詠唱が分からない！」

悲鳴にも似たアイナリアの声に、俺は重く応じた。

するとアイナリアは、魔力式誘導弾を振り切る軌道を描きながら言った。

『えっ、いつも唱えているアレでしょ？　忘れちゃったの？』

「逆にいつも唱えていたのか？」

よく考えたらさっき、アイナリアは魔術関係の時だけ俺はゲームでも何か言っていたと話していた。

つまるところ、それは呪文の詠唱を指していたのか。

「ならアイナリア、一緒に唱えてくれ！　合わせて俺も詠唱する！」

『《サンダーボルト》ね、いつものいくわよ！』

アイナリアは飛行しながら詠唱し、それを追うようにして、俺も詠唱を行った。

「『《雷帝の戦槍・神速となりて・打ち払え》――《サンダーボルト》！』」

唱えた瞬間、腕へと黄金に輝ける魔法陣が展開され、幾何学模様が高速で回り出す。

同時に体内から熱いものが、恐らく魔力が腕に集約される感覚がして、閃光が撃ち出された。

轟音を轟かせながら、拡散する稲妻が魔力式誘導弾を撃墜して全て爆ぜさせていく。

――後数瞬遅かったら食らっていた……！

危ないところだったと、体から力が抜ける。

同時に前世の友人に「やっぱり《サンダーボルト》はデフォルト設定で正解だったぞ」と心の中で呟いておく。

前世で散々ネタにされながらも俺が《サンダーボルト》を外さなかった理由、それは俺の武器種が問題だった。

テイマーは長剣、槍、弓の三種しか武装を選べないが、俺はその中で最も火力が出る長剣を選んでいた。

しかしそうすると、アイナリアに騎乗中はリーチの問題で、武器で相手を攻撃できない。

当然、今みたいな遠距離攻撃手段が必要な場合は魔術でカバーできなければ逆に大ダメージもあり得る。

だからこその《サンダーボルト》なのだ。

相手の防御力無視の固定ダメージ攻撃でかつ、範囲も広く、技量は必要ながら敵の攻撃を迎撃することで擬似的なシールドとしても活用できる。

ついでに敵本体に当たれば、低確率ながら麻痺も狙える。

「やっぱり《サンダーボルト》様様だな……っと、アイナリア！　迎撃を！」

『心得たわ！』

魔力式誘導弾を撃墜されたハーデン・ベルーギアは、強靱(きょうじん)な爪を振りかざして迫りくる。

そんなハーデン・ベルーギアに対し、アイナリアは口腔に超高密度魔力を溜め込み、紅蓮(ぐれん)の爆炎を放った。

『これでも食らいなさいな！　この空はあたしたちのものよっ!!』

『グオオオオオオオオ‼』

ブレスが直撃し、爆炎と閃光が咲いた。

ハーデン・ベルーギアは鱗と拘束具を全身からこぼしながら、悲鳴をあげ、大きく悶えて降下してゆく。

『カケル。このまま追撃する？』

「いや、この隙にここを離れよう。奴は倒しても形態を変化させて復活する。逆に反撃を食らってもよくない」

《Infinite World》通りなら、ハーデン・ベルーギアの第一形態はこんなふうに撃退自体は容易だ。

けれど問題はその後、拘束が一部解除された第二形態からが本番となる。

異世界に来たばかりの身で、各種ステータスが跳ね上がった奴を相手にしたくはない。

……そう、思っていたところ。

『ギャオオオオオオオオ‼』

甲高い咆哮を引き連れ、ハーデン・ベルーギアが体の各所から黒煙を上げながら、雲を引き裂き再び飛来してきた。

――ダメージ的に撃退ラインは超えたと思ったのに、ゲームと異世界の違いか⁉

ハーデン・ベルーギアは尋常ならざる気迫を纏い、四肢を使ってアイナリアに組みついてきた。

『こいつ！　しつこいわね……⁉』

「アイナリア！」

まずい。至近距離では体格で劣るアイナリアが不利だ。

『くっ、あぁ……！』

全身を締め上げられ、アイナリアの苦しげな声が耳に届く。

――このままじゃジリ貧、相棒を守れなくて何が冒険者だ！

前世ではただの学生だったが、今の俺は《Infinite World》で鍛え上げたアバターである「カケル」そのものなのだ。

自分が使える剣技も、これからどうすべきかも、体に染み付いたように感覚として理解できていた。

「はぁっ‼」

気合一閃。

背負った愛剣、天元之銀剣を引き抜いてハーデン・ベルーギアの前脚に叩き込む。

ゲーム同様、臨戦態勢に入れば銀の稲妻を剣身に宿す天元之銀剣は、振るうと稲妻を荒々しい漆黒に変え、ハーデン・べルーギアの大木のような前脚を深々と斬り抉った。

返す刃で奴の胴へと斬りかかり、一息で三発の剣戟を叩き込む。

ハーデン・ベルーギアは俺を払おうと翼の一つを差し向けるが、遅い。

この身は曲がりなりにもストーリーにおけるラスボスを討ち、その装備を纏っている。

最終形態ならまだしも、こんな第一形態の奴を相手に後れを取る道理はない。

「らぁっ！」

腰を低く落として翼撃を回避しながら、真上を通過した翼の一部を同時に切断。

回避と攻撃を一体とした動きで、ハーデン・ベルーギアを圧倒しにかかるものの、

「……尻尾か！」

『グオオッ！』

背後から迫っていた尾の一振りの察知が遅れた。

体を捻って直撃は避けたが、背を掠められ、体勢を崩してアイナリアの背から落下しそうになった。

片手をアイナリアの鱗に引っ掛け、落下を阻止する。

また、それを見ていたアイナリアは、大きく唸り声を上げた。

『あたしの相棒に何すんの！　この痴れ竜！』

アイナリアが怒声を放ち、口腔に再度高密度魔力を溜め込んだ。

その輝きは先ほどの比ではなく、ハーデン・ベルーギアもまずいと悟ったのかアイナリアから離れようともがき出した。

しかし今度は逆に、アイナリアががっしりとハーデン・ベルーギアを抱え込んで逃さない。

『これで、終わりっ！』

アイナリアの超高密度魔力のブレスが、超至近距離でハーデン・ベルーギアに炸裂した。

ハーデン・ベルーギアは人造の竜で魔力式誘導弾なんて持っていた設定上、防御装備として第二形態からは魔力技を無効化する抗魔力障壁まで使用する。

今のハーデン・ベルーギアは第一形態ながら、今までの戦闘で拘束具が一部破壊されたのか、既に緑色の抗魔力障壁を張っている。

それは魔術が通りにくい行動として、プレイヤーから嫌われたものだが、

『オオオオォォォォォォォォオオオ⁉』

本気となったアイナリアのブレスの前に、抗魔力障壁は薄氷のように砕け散った。

そのまま紅蓮のブレスは、ハーデン・ベルーギアの右肩部を貫通して大穴を穿(うが)った。

次いで大爆発が起こり、半壊したハーデン・ベルーギアは鉄くずと血潮を散らしながら、今度こそ地へと落下していく。

……しかしながら、こちらも無事とはいかなかった。

『きゃっ……！』

ハーデン・ベルーギアの起こした大爆発により、アイナリアは体勢を崩し、奴とは別方向に降下していく。

「立て直せるか？」

『地面に激突、なんてブザマは晒さないわよ。見てなさい！』

アイナリアは両翼に魔法陣を展開し、そこから爆炎を逆噴射した。

それでバランスを取り、ゆっくりと地表に向かっていく。

「爆炎竜ってこんなことまで可能なのか」

《Infinite World》の設定は一通り読み込んでいた俺でも知らない能力だ。

アイナリアは得意げに鼻を鳴らした。

『これくらい当たり前よ。炎の魔力を自在に操ってこその爆炎竜。炎系の竜種の頂点だものね』

「自分で言うのか。でも、そうだな。そう言うだけはあるかもな」

さっきのハーデン・ベルーギアの体をぶち抜いた爆炎のブレスといい、アイナリアの戦闘力は想像以上だった。

《Infinite World》での、壁に向かって疾駆するバグ挙動が嘘のように思える。

――《Infinite World》でもこれだけ活躍してくれれば、テイマーがネタ扱いされずに済んだだろうに……。

そう感じているうちに、アイナリアは森へと降り立った。

＊＊＊

『さっきの奴、また追っかけて来るかしらね』

「さてな。流石に撃退したと思いたいけど、死んではいないだろうしな……」

『同感。あいつもあんなナリでも竜だしね。爆発程度で絶命するとは思えない』

深い森の中、鬱蒼と茂った木々の下に俺たちは隠れていた。

ハーデン・ベルーギアとは反対方向に降下したが、しばらくは警戒しつつ進んだ方がいいだろうか。

「アイナリア。少しの間、この森を歩いて進もう。飛べば奴に見つかる可能性もある。あんな大爆発の後だ、あっちも簡単には飛べやしないとは思うけど」

『分かっているわよ、一応よね。用心に越したことはないわ。あいつ、執念深そうな匂いがしたもの。ついでに血と錆の匂いも強くて鼻が曲がりそうだったし、もう会いたくないわ』

アイナリアは『さっき組み付かれた時に匂いが少し付いたわね……』と小さく息を吐き出した。

俺はアイナリアの背から降りて、その傍を歩いていく。

――しっかし、これからどうすべきか。

王都フィレンクスへ向かう予定は、しばらくステイだ。

アイナリアに乗って向かおうにも、万が一ハーデン・ベルーギアが追いかけて来れば大惨事になりかねない。

ここは一つ、奴を完全に撒いてから俺たちも王都フィレンクスに向かいたいところだった。

……となれば、だ。

「飛ばずに一旦手近な街にでも立ち寄って、しばらく様子見するか。この世界の情報収拾もしたいし。するとアイナリアにも、ハーデン・ベルーギアに見つからないよう森か洞窟なんかに隠れてもらう必要があるんだけど……」

アイナリアは立ち止まって『はぁ⁉』と声を荒らげた。

『ちょっとカケル。しばらくって、あたしを置いて一人で街に長居するつもり？……ってことは、王都に行ってもそのつもりだった？』

「そりゃな。アイナリアみたいな竜が街に入ったら、住人は驚くだろうから。ゲームの時……もとい前の世界でも、アイナリアは街の外で待っていたんだろ？」

『そうだけど、でもカケルはギルドから依頼を取ったらすぐに街の外に出てきたじゃない！　ずーっと放ったらかしなんてありえないわよっ！』

アイナリアはズドンズドンと地団駄を踏んだ。

頭上から木の葉と枝がハラハラと落ちてくる。

「そ、そんなに怒るほどか？」

『……』

アイナリアはしげしげとこちらを眺めつつ少し黙り込んでから『ふんっ』とそっぽを向き、そのまま丸まってしまった。

予想外の行動に思わず固まる。

——まさか拗ねた？　相棒の爆炎竜が？

《Infinite World》にはテイムした魔物のバッドステータスとして空腹、麻痺、疲労などはあったが、拗ねるなんて挙動はなかった。

「おいおいアイナリア。悪かったから機嫌を直してくれって。街に入っても定期的に顔を出すからさ。今は情報がほしい時期でもあるし、許してくれよ」

『ふーんだ。情報がほしいのは分かるけど、そういう話じゃないのよ。あたしは一応、街に入っても騒がれない手段ってやつがあるけど。でもカケルが最初から別行動をするって頭でいたのが気にくわないのよ』

「あー、相談せずにああ言ったのは謝るからさ、な？」

アイナリアは首を伸ばして、鼻先で俺の胸を軽く突ついた。

『……むぅ。今後はちゃんと相談するのよ？　こちとら、一週間も放ったらかしにされた後なんだから』

「言われてみればそうだったな。気をつけるよ」

鼻先を撫でてやると、アイナリアは機嫌を直したようで、ゆっくり立ち上がった。

——うーむ、声音から雌らしいと分かるけど女心って難しいな。

ついでにできるだけ一緒にいたいと、アイナリアがそんな心持ちでいるのも分かった。

「ちなみにアイナリア。さっき言っていた街に入っても騒がれない手段ってなんだ？」

『ええと、それはねー……ん？』

アイナリアは森の一角を凝視した。

『カケル、話は後。乗せるわよ』

アイナリアは俺の鎧を一部咥えて、ひょいと背に乗せてしまった。

なお、鎧が相当頑丈なのか、アイナリアが咥え方を工夫したのか、噛み跡一つ残っていない。

「何か気配でも感じたのか？　……さっきの奴が来るのか？」

ハーデン・ベルーギアかと身構えれば、アイナリアは首を横に振った。

『違うわ。蹄(ひづめ)の音がする、馬かしら。それと人の声……こっちに来るわね』

「姿を隠すのは難しいよな」

『やったところで戦闘になった時、カケルに加勢し辛いから勘弁よ』

そう話しているうちに、俺にも蹄の音や誰かの声が聞こえてきた。

一難去ってまた一難とは、きっと今みたいな状況を言うのだろう。

「《風神の剣・我が征く道を・切り拓け》――《ストームカッター》！」

魔術詠唱らしきものが聞こえた直後、俺たちの正面の木々が幾重にも刻まれ、横倒しになった。

転がった木々の上を、何者かが馬と一緒に軽やかに飛び越え、こちらの真正面へ躍り出てくる。

その人物は薄い亜麻色のマントで身を包み、頭にもフードを深く被っており、顔立ちも体格も見て取れない。

突然放たれた魔術といい、穏便でないことだけは確かだった。

『人間から奇襲……？　でもなんで？』

警戒したアイナリアが口腔に爆炎を溜め込み、俺も剣に手をかけた。

状況が読めずに出方を窺っていると、その人物は上ずった声を出した。

「り、竜騎士……!?　そんな、これは、夢……？」

「……？」

声からして、まだ年若い女性だった。

しかも魔術を放ってきた割に、妙に敵意や殺気が感じられない。

どういうことだ？　と訝しめば、女性の背後から乗馬した集団が駆けてきた。

一見して、異世界らしい中世風の兵士のようだった。

燻し銀に輝く鎧と、その胸元に輝く青い鬣の一角獣の紋章。

兜も一角獣を象ったものなのか、額から小さく角のような突起が伸びている。

——あれ、確か《Infinite World》だと……。

王家の家紋ではなかったか。

ウルローシャ王国の王都フィレンクス、そこから王国全土を代々支配する王族、ウルローシャ家のもの。

その家紋は青い鬣の一角獣だったと強く記憶している。

……どうしてこんな辺境に、王家に仕えていると思しき兵士がいるのか。

こちらも半ば呆気に取られていたが、それは向こうも同様のようだった。

近づいてきた兵士は馬を止め、兜の隙間から見える目を見開いていた。

「馬鹿な、炎の竜がなぜこんな森に……!?」

「しかも人を乗せている……竜騎士だとでも？」

「だとしても臆するな、姫様を連れ戻せ！」

五騎の兵士たちの様子から、面倒な状況になりつつあると悟った。

せっかくハーデン・ベルーギアから姿を隠そうと考えていたのに、最早そうもいかない。

一旦飛翔してこの場から立ち去ろうとアイナリアに頼もうとするが、それより先に兵士が動いた。

「ええい、こっちを向け化け物！　姫様から離れろ！」

兵士が放った矢が、アイナリアの鱗に弾かれた。

そして俺の相棒は喧嘩を売られて看過できる性格でもないと、この短い間に理解していた。

『このっ……！　次から次に鬱陶しいのよ！　のんびり相棒と歩いていたらこの有様、消し炭になりたい訳？』

アイナリアは威嚇のつもりか、矢を放った兵士付近にブレスを叩き込んだ。

爆炎と衝撃で馬は体勢を崩し、兵士の一人が落馬した。

「この竜、言葉を解するのか！」

「怯むな！　命に代えても姫様をお守りせよ！」

『ああもう！　こいつら言いたい放題よ！　カケル、もう全員吹っ飛ばしてもいいかしらっ！』

アイナリアに尋ねられて、一瞬迷った。

この場から即座に離脱すべきか？　兵士たちを蹴散らし事情を問いただすべきか？

兵士の語り口からして、俺たちと兵士の間に挟まる形で止まっているのが、奴らの言う姫様で間違いないだろう。

……その時、アイナリアの翼の動きでフードが一瞬浮き上がり、女性と……少女と目があった。

美しい蜂蜜色の髪、澄んだ空色の瞳。

肌は雪のように白く、整った顔立ちながらまだ幼さが残り、歳の頃は十五前後ではなかろうか。

そんな少女は呆然とした表情ながら、艶やかな唇を動かし、その動きだけで言った。

たすけて、と。

「……」

俺は頷き、即座にアイナリアに指示を飛ばした。

「アイナリア、首を下げてくれ！」

『派手にやりなさい！』

体内に宿る魔力を腕に集中させ、詠唱を開始、魔法陣を展開。

「《雷帝の戦槍・神速となりて・打ち払え》——《サンダーボルト》！」

さっきと同じ要領で《サンダーボルト》を放てば、それは速やかに拡散していき、周囲の木々や岩に炸裂していく。

さらに兵士たちの騎乗する馬は揃って棹立ちになって鳴き、こちらへ向かってくるどころではなくなっていた。

——威嚇と時間稼ぎは十分だろ！

「乗り移れ、早く！」

少女の乗る馬は聡(さと)いのか《サンダーボルト》が至近距離で炸裂しても小さく唸るのみだった。

俺が少女に向かって手を伸ばすと、少女は一瞬遠慮がちに手を引っ込めそうになった。

しかし瞳に覚悟を乗せたと見るや、騎乗していた馬からするりとアイナリアの背に移ってきた……が。

『えっ、カケル以外の人間乗せるの？』

アイナリアは半眼でこっちを見つめていた。

……明らかに嫌そうな雰囲気だ。

「不満なのは分かったけど今は飛んでくれ！」

『あたしの竜騎士様は強引なんだから……ねっ！』

アイナリアは真上にブレスを放って、木々の葉や枝を焼き払った。

そのまま頭上にぽっかり空いた蒼穹に向かい、翼を広げて飛翔した。

「きゃっ……！」

落ちそうになった少女を右腕で抱え、左腕でアイナリアの背にしがみつき、力技で体を固定する。

アイナリアは直下を見つめながら『うっわー』と間の抜けた声を出した。

『見なさいよカケル。あと少し飛び立つのが遅かったらもっと面倒だったわよ』

「……うわっ、四方八方から兵士が向かってきていたのか」

木々の切れ目からは、あらゆる方位から向かってくる兵士たちの姿が散見された。

分かるだけでもざっと数十はいるだろうか。

しかも深い森を上から見下ろしてこの数なのだ、森の規模からして実際には数百人はいるかもしれない。

「俺たち、山狩りのど真ん中に降下しちゃったんだな……」

『そんで騒ぎを聞きつけて森中から集まってきたって寸法ね。……まあ、今はともかく』

「ここからできるだけ離れるぞ！」

言わずもがな、兵士以外にこの付近に落下したハーデン・ベルーギアからも距離を取る必要がある。

向こうも五感の鋭い竜なら、俺たちが騒ぎを起こして飛び立ったのは分かるだろう。

こうなったら負傷した奴が追ってこれないくらいに飛んでいくしかない。

アイナリアは翼を大きく広げ、森の上を滑るように滑空してゆく。

下から兵士の怒声らしきものが聞こえるが、距離があって何を言っているかよく聞こえなかった。

『さっきまではあの鉄くず竜から隠れるって話だったのに、こうやって堂々と飛び立つ羽目になるなんて。一寸先は闇、なんてよく言ったもんよねー』

そのことわざ、《Infinite World》出身のアイナリアも知っていたのか……。

『それとカケル、そこの女はどうするのよ？　というかどうして助けたの？』

アイナリアはちらりと視線をこちらに寄越した。

『あ、勘違いしないでほしいんだけど。別に助けたのを怒っている訳じゃないわ。勝手に背に乗せたのは……思うところがあるけど。ひとまずカケルの考えを聞きたいのよ。ほら、あたしたち今まで会話なんてほぼしてこなかったし、カケルがこうやって人助けするのを見るのは初めてだもの』

アイナリアの言わんとすることはよく分かった。

要は俺が打算的に少女を助けたとか、はたまた勢いでやったとか、単純にそういうのが聞きたいと。

今まで一緒にいたのに俺の心の内を明かすことは一切なかったのだから。ようやく互いに言葉を交わせるようになった今、どういうつもりだと聞きたくなる気持ちもあるだろう。

ふいに、俺はついさっきの状況を振り返った。

少女の口の動きを見て、咄嗟に魔術を放ったあの時を。

「……結論から言うと、後先考えずに助けなきゃって思ったからだ。この子の口が

『たすけて』って動いたから見捨てたくなかった。ただそれだけだ。……悪い、アイナリア。早速面倒ごとを抱え込んだかもしれない」

素直にそう伝えると、アイナリアはぱちぱちと目を瞬かせてから『ぷぷっ』と破顔した。

「おいおい、笑うところなのか？」

『多分違うけど、ごめんなさい、ついね。我が相棒がこんなに人間臭いだなんて思ってもみなかったから』

「……そうか？」

聞くと、アイナリアは苦笑した。

『いやだって。今まで呪文詠唱以外はほぼ無言でどんな魔物も狩っていたじゃない。味方以外には血も涙もない冷血な戦士、そう思っていた時期すらあったわ』

「アイナリアは、そういう俺の方が好みだったか？」

『全っ然！　そんなことないわ、寧ろ今の方が好きよ。困った奴を放っておけない、義理人情に溢れた竜騎士なんて、格好よくて最高じゃない。少なくともあたしはそう思うわ』

「そうか……」

アイナリアの言葉に、ほっとする思いだった。

これはある意味、俺が勝手に抱え込んだ厄介ごとなのだから。

この先、ずっと兵士に追われたって文句は言えない身になったのに、アイナリアときたら笑って許してくれた。最高の相棒だ。

——それにせっかく異世界で人生をやり直している最中なんだ。正直者は馬鹿を見るって言うけど、さっきみたく、俺はこれからも自分の心に従って生きていきたい。

もっと言えば前世の親戚たちのように、以前の俺みたいな路頭に迷っていた奴を虐げたり、見捨てたりする人間にはなりたくない。

言い表すならそれは、仁義というものだろうか。

だからこそ俺はこの世界で「自由な心に従いつつ、線引きとして最低限の仁義は持って生きていく」という一つの筋を通していけたらと思った。

それはきっと、とても素敵な生き様だと感じたからだ。

……といった具合に、心の中で密かに決意を固めていると、アイナリアが言った。

『そういえばカケル。あんたが抱えているお姫様、さっきから静かだけど大丈夫？』

「言われてみれば……げっ」

よく見たら、少女はぐったりとして気絶していた。

さっき落下しかけた時、気を失ってしまったか。

「アイナリア、もう少し飛んだら今日はどこかで野営しよう。そこでこの子も介抱したい」

『日も暮れそうだし、そうしましょうか。飛んで戦ってまた飛んで、あたしも休みたいわ』

アイナリアは目下の森を抜け、渓谷へと降下していった。

深く切り立った崖、ここならさっきの兵士たちも容易に追ってこれまい。

ハーデン・ベルーギアの方も、ここまで飛んでも追ってこないあたりを鑑みれば、完全に撒いたと見て間違いないだろう。

＊＊＊

パチパチと、炎が薪を食らって小さく揺らめく。

集めてきた枯れ木に、アイナリアが小さなブレスで着火してくれたのだ。

銀と翠の二つの月が闇夜を照らし、虫の声が小さく聞こえてくる中、俺とアイナリアは話し込んでいた。

『しっかし、今日はドタバタしたわねー。王都に向かうはずが変な竜に絡まれて。それで奴から身を隠しつつ情報収拾もするために近くの街に行くはずが、どっかのお姫様が飛び込んできて……。人生も竜生も上手くいかないわね、今後のプランも全部練り直しじゃない』

「全くだな。ただ、王都に向かわず他の街に行くって方針はそのままにしたい」

『その心は？』

問いかけてくるアイナリア。

俺はアイナリアの尻尾を枕にして寝かせている少女を見つめた。

「この子は王家の人間らしくて、しかも王家の家紋入りの鎧を着込んだ兵士に追われている。そんな子を抱えて王都に向かえばどうなるか……分かるな？」

『兵士が大挙してお出迎えしてくれそうね。ぜーんぶ燃やしたっていいけど……』

「アイナリア」

『分かっているわよ。カケルはそれを望まないでしょうし、あたしだってそんな面倒があるって分かっているのに王都には行きたくないわ。……でも、他の街ってどこに行くのよ？　最上位冒険者を目指すって話はどうするの？』

アイナリアの疑問は至極当然のものだった。

目標を投げ捨ててこの子を助けるのに注力するのかと言われれば、いいや、そうじゃない。

「最上位は勿論目指すよ、俺たちの目標だから」

『ならどこで？』

「東の四大ギルド、アークトゥルスだ。あそこなら最上位冒険者認定試験のクエストも受注できる。最下級から順調にランクを上げればな」

俺はようやく、ハーデン・ベルーギアに襲われる直前にアイナリアに提案したかった話を口にできた。

「アークトゥルスの辺りなら土地勘もある。《Infinite World》じゃ少し違うところもあるかもしれないけど、いきなりよく知らない土地に行くよりはマシだし、あんな騒ぎを起こした後だ。あの近くの街で情報収拾をしようにも、兵士が押し寄せてくる可能性だってある。……だったらいっそのこと、ここからそれなりに離れていてゆくゆくの目標も達成できるアークトゥルスに行ければいいかもって思うんだ」

俺の話を、アイナリアはふむふむと聞いてくれた。

『悪くない考えね。なら後は、そこで寝ているお姫様を起こして説得して……』

アイナリアは少女に鼻先を近づけ、分かりやすく顔をしかめた。

『……嘘の匂いがする。さてはこのお姫様、嘘寝しているわね？　ほれっ』

アイナリアが尻尾を大きく波打たせると、少女は「ひゃうっ⁉」と声を出した。

しかし必死にしがみついて「う、うーん？」とかぎこちなく漏らし、頑なに目を瞑っている。

……嘘寝が下手くそすぎる。

『それ以上黙りっぱなしなら、一発齧るわよその頭』

「……っ！　ご、ごめんなさい、食べないでください……」

少女はそそくさと起き出し、すっと頭を下げた。

「とりあえず、名前とかを教えてくれないかい？　俺たちを警戒して寝たふりをしていたのは分かる。でも話を聞いていたなら、そっちも分かるだろ？　俺たち、今後の身の振り方を考えていた最中でね。そちらの事情も聞いておきたいんだ」

少女はどこか申し訳無さげにしつつ、顔を上げた。

「その、改めまして助けていただきありがとうございます。申し遅れましたが、私はラナメシールと言います。正しくは、ラナメシール・ファル・ウルローシャと言うらしいのですが……ラナとお呼びくださいな」

『らしいって何よ？　はっきりしない子ね』

アイナリアが口を開くと、罵られると勘違いしたのかラナは身を縮めた。

「た、食べないでくださいっ⁉　苗字については私も半信半疑な部分もあるのですが……しかし、助けていただいた方々に黙っているのも不躾ですよね。その、私の分かっている範囲で全てお話しますから」

ラナは三角座りになって、揺らめく炎を見つめながら話し出した。

揺らぐ炎は、昔から人の心を落ち着かせると聞く。

異世界でもそれは同様なのだろうか、ラナの声音も硬いものから次第に柔らかなものへと移っていった。

「……私は辺境の、とある村で育ちました。家には母と私で二人きりでしたから、村の方々にもよくしていただきながら暮らしていました。決して裕福ではありませんでしたが、毎日暖かに過ごしていたのです。……けれどある時、母が病で亡くなりました」

パチ、と薪が小さく弾け、ラナの顔が曇った。

「流行病（はやりやまい）でした。村には薬もなく、母はあっさり逝ってしまいました。それからしばらく泣き暮らしていた時……兵士の方々が村に来たのです。彼らは私と母を訪ねてきました。そして言うのです。『ラナメシール様。あなたは王の子であらせられます。急ぎ我らと王都へお戻りください』と。……兵士たちは語りました。私が王の隠し子であること。かつて私を授かった母は、しかし平民であったために城を追われたこと。王である父は私の姉が不慮の事故で床に伏せてしまったため、私を必要として探していたこと。……それらを聞いた時、私はただただ、怒りに飲まれてしまいました。なぜ母が亡くなったこの時にそんな話を。そもそもなぜ、父は城を追われた母を守らなかったのか。生活に余裕のない、辺境の寒村の住人でさえ夫は妻を守るのに、この国で最も強い力を持つ父はなぜそれすらしなかったのか。そうすれば母は、流行病であっけなく亡くなることもなかっただろうに……」

ラナは沈痛な面持ちで、顔を伏せた。……ラナは鼻声で続けた。

「兵士たちは何度か私を連れて行こうとしましたが、その度に私は抵抗しました。そして先日、私は村からひっそりと出て行くと決めたのです。このままでは、村の皆にも迷惑がかかるかもしれないと。何より母を見捨てた父の元へ今更行くなんて到底受け入れられなかったのです。……カケル様、アイナリア様」

ラナは顔を上げ、涙に濡れた瞳でこちらを見つめてきた。

「どうか、私も共に連れて行ってはくださいませんか。私も辺境で育った田舎娘、体力には自身がありますし、家事や身の回りのお世話などは十分にこなしてみせますから」

『ちょっ、それ本気？　あたしたち、冒険者になるためにアークトゥルスのある街に行くのよ？　嘘寝中に話は粗方（あらかた）聞いてはいたと思うけど、冒険者の仕事には魔物との戦いだって……』

「私！　《ストームカッター》以外にも治癒の魔術を扱えます！　病には効きませんが、傷ならたちどころに塞げます！」

　ラナの剣幕に、さしものアイナリアも『うっ』と声を漏らしていた。

『……ふーん。なら、見せてもらおうじゃない。あんたの治癒の魔術とやらを』

　アイナリアは右前脚の爪で左前脚を引っ掻き、傷を作ってラナに見せた。

　ラナは大真面目な表情になった。

「分かりました。それではお見せします」

　ラナは片膝をついて両手を組み、目を瞑（つむ）った。

　これは魔術というより、詠唱もないので祈禱（きとう）に見える。

　アイナリアも『これが魔術？』と怪訝（けげん）そうにしている。

……しかしその時、ラナの直下が薄っすらと輝きを放った。

その輝きは魔法陣とはまた別の幾何学的な文様を描き出し、それがぐるぐるとラナの周囲で回り出す。

目の前でラナが起こしている現象に、俺は見覚えがあった。

——これは魔術じゃない。治癒の高位スキルだ！

《Infinite World》では神殿で治癒の祈禱を受けることで、体力の回復などの恩恵を得られた。

その際に神官は治癒の高位スキルを利用している、といった設定があり、目の前で行われているのは《Infinite World》における神官による治癒とそっくりだった。

それに病は取り除けないので神殿には薬師も在籍している、という設定も、さっきラナが「病には効きません」と言っていたのと合致する。

『おぉ……！』

アイナリアの傷が、時間が戻っていくかのように治っていく。

完全に傷が癒えたアイナリアは、前脚の具合を確かめていた。

『こんなにあっさり治るものなのね。結構やるじゃない』

「お褒めいただきありがとうございます。私の魔力も消費しましたが、何より輝き

の女神様に祈りが通じたようです」

ラナはアイナリアに微笑みかけた。

《Infinite World》での仕様かもしれないが、治癒の高位スキルを扱える神官は大きな街に一人か二人ほどだった。

プレイヤーに関しては、治癒系の魔術は習得できても、武装に付くスキルでは治癒系は皆無だ。

なのに治癒の高位スキルをあっさりと扱えるラナは、回復役としては得難い存在かもしれない。

――今も輝きの女神様って言っていたし、神官みたく信心深い子なんだろうか。もしくは王家の血を引くってあたりが特別なのか？　魔力を消費するからか魔術と勘違いしているようだし、本人も詳しくは知らないのかもしれないけど……。

あれこれと考えていると、アイナリアがこちらに振り向いた。

『治癒の実力は悪くないわね。カケル、後はあんた次第よ』

「うーん……」

さっきのラナの生い立ちの話が結構な大ごとで、どうしたものかと思案してしまう。

ラナの方を向けば、彼女の瞳は覚悟に染まり、じっと俺を掴んで離さなかった。

──最初は故郷へ返すことも考えていたけど、この子はそれを望まないか。

何よりもう助けてしまったのだから。

ここでラナを放り出すような無責任な真似もしたくない。

「こうなったら連れて行くしかない。放り出すなら、最初から助けるなって話だしな」

「カケル様……！　ありがとうございます」

ぺこりと頭を下げたラナ。

そんな彼女に、俺は「ただし」と続けた。

「今後、様って付けるのはやめてくれ。俺はそんな高尚な人間じゃないから。アイナリアもそれでいいな？」

『そりゃね。仲間に様なんて堅苦しい言い方されても困るから』

「分かりました。カケルさん、アイナリアさん、これからよろしくお願いします」

──さん……まあ、様よりマシか。

一人で納得していると、ラナが恐る恐るといった面持ちで「あの」と呟く。

「カケルさん。そういえばの質問なのですが……カケルさんは竜騎士、なのですよね？　アイナリアさんに乗っていましたし」

「正確にはテイマーって言い方なんだけどね……」

『いいや、竜騎士よ竜騎士。そんなテイマーなんて呼び方よりよっぽど格好いいものね』

するとラナは小首を傾げた。

「ていまー？　魔術の名前でしょうか？」

そう言われて、俺は「んっ？」と固まった。

……《Infinite World》において、テイマーはエンドコンテンツだった。

つまり《Infinite World》のメインストーリーには存在しない職業。

なのでもしや、テイマーという存在は《Infinite World》のオリジナルとも言えるこの異世界には存在しないのではなかろうか。

そうなると……。

「もしかして竜とか魔物に乗る人間って、見た経験ない？」

「ないですね。特に竜に乗る存在、竜騎士やドラゴンライダーの類は、それこそ数多の奇跡を為（な）した竜の巫女などと同じく伝説の中の存在ですから」

即答したラナ。

思わず頭を抱えたくなった。

——異世界に来て早々、悪目立ちした形になったのか……。

鎧姿ではあったものの、俺とアイナリアの姿は兵士に、しかも王家に仕える者たちに目撃されてしまった。

しかも伝説の竜騎士が突然現れ姫様を攫った……これって結構騒ぎになる展開では？ と思ったが今更だ。

「今後はあの兵士たちに気をつけた方がいいかもしれないな。この天元一式の装備も、冒険者をやる時は着ない方がいいか。万が一にも今日会った兵士の誰かに見つかれば面倒だし」

ビジュアル的に一番気に入っている装備を使えなくなったのは痛いが、ほとぼりが冷めるまでは我慢するとしよう。

ならばせっかくだ、装備変更の実験でもしてみようか。

俺はウィンドウを開き、ボタンの代わりにタッチ操作で装備を外してみる。

すると全身の装備が消失し、《Infinite World》でついでのように設定していた普段着姿になった。

基本的にゲーム中は防具を装備して行動していたので、普段着は白シャツにジーンズのようなシンプルなデザインだった。

……すると、アイナリアやラナが『「おお〜！」』と歓声を上げた。

『カケル、あんた意外と男前じゃない！　いつも兜を被っていたから、素顔をちゃんと見るのは初めてだわ！』

「私も少し驚きました。こうして顔を見るまで、もっと歳が離れた方だと思っていましたから……！」

「俺の顔って……ああ」

ウィンドウに薄っすらと映った自分の顔を見る。

凄まじく端的な表現になるが、やはり今の自分は「《Infinite World》で設定した通りの黒髪黒目の若人」だった。

髪はハネが少なく落ち着いており、鋭い瞳は心なしか前世よりも生気に満ちているように見える。

顎も無精髭などなくすっきりとしており、年の頃は二十歳よりも前に思えた。

元がゲームアバターなだけあって、我ながら全体的に見ればそれなりに整っているように感じる。

顔の輪郭なんかも、スポーツマン特有のほっそりとした肉付きだ。

「まあ、顔はさておき……これからどの装備にするか」

話題が横道に逸れたが、ウィンドウを弄りながら考え込む。

防具に関しては、基本的なものは一式作成してある。

スキルの構成を考えるためでもあったが、《Infinite World》をやり込んでいたから素材が有り余っていた、という理由もあった。

だから装備も選びたい放題だが……《Infinite World》で竜騎士ごっこと称してテイマーを選び、ネタと笑われようと気に入った外見の装備を着込んでいた以上、やはり格好いい装備を選択したい。

装備のスキルに関係なく、ここは譲れない。

それによく考えれば、高位ランクになってから作成した装備ならば、スキルはともかく防御力や攻撃力の高さはそこそこなので、基本的な性能面は問題ないだろう。

天元一式だって微妙扱いされていたものの、あくまで「強力な装備が出揃う終盤装備の中では」だ。

装備全体で考えれば、天元一式だって十分な攻撃力と防御力はあったのだ。

……テイマー職のデメリットでステータスの弱体化はあったけれど。

そんなふうに考えていくうち、ふいに横からくぅ、と小さな音がした。

そちらを振り向けば、ラナが顔を赤らめて腹部を押さえていた。

「ご、ごめんなさい。今日は一日中兵士に追われていたものですから、ほとんど何も食べていなくて……」

『そういえば、あたしも今日は何も食べてないわね……。カケル、何かない？　その、アイテムボックスってやつから食べ物とかは出せないの？』

「食べられそうなものは結構あるぞ」

空腹なラナを放置するのもかわいそうなので、装備については一旦後回しにして、食事について考える。

《Infinite World》にて体力、スタミナ、魔力を回復するためには基本的に何らかの飲食物を摂取する必要があった。

なので当然、アイテムボックスの中には多くの食料品が入っている。

――《Infinite World》と同じ仕様なら腐ってないはずだけどな。

ひとまず体力回復アイテムのルッカの実、スタミナ回復アイテムのグルゥ肉（設定上は美味な魔物の肉）の燻製、魔力回復アイテムのマナポーションを取り出した。

ルッカの実と燻製は油紙のようなもので丁寧に包まれており、マナポーションは小瓶に入っていた。

全てポーション系にすると液体のみの夕食になるので、一応は固形物で腹も膨れるようにと配慮したつもりだ。

「さて、肝心の匂いは……問題ないな。アイナリアも嗅いでみてくれ」

食料に鼻を近づけたアイナリアは、小さく頷いた。

『へぇ、保存食にしてはいい匂いじゃない。普通に美味しそうね』

アイナリアが興味深そうに油紙の中身を見つめていると、ラナが言った。

「カケルさん。この食料はどこから出したのですか？　さっきも装備が一瞬で消えましたし……竜騎士の秘術なのでしょうか？」

「うーんと、話せば少し複雑でね。今は秘術って認識でもいいかな」

俺もアイテムボックスについて上手く解説できる自信はない。

どんな原理でアイテムの出し入れが可能になっているのかなんて、俺すらよく知らないのだから。

「今日はひとまずこれを夕食にしよう……と言いたいところだけど。アイナリアには絶対に足りないよな……」

所持金はカンストとまではいないが、十分以上にある。

だから街に着けば——通貨が異世界と《Infinite World》で差異がなければ——

食料品を購入できるだろうが、イレギュラー続きなこの旅がいつまで続くかも分からない。

できるだけ食料品は大切にしたいが、それでもアイナリアを空腹にさせたままにするのもよろしくない。

「アイナリアは少し待っていてくれ、もう少し食料品を出すから」

『ううん、大丈夫よ。問題ないわ』

「えっ？」

アイナリアの返事に、ラナが目を丸くした。

「その、竜ってあまり食べなくても平気な種族なんですか？」

『そりゃお腹いっぱい食べなきゃだめよ』

「……つまり竜の胃はとっても小ちゃいってことでしょうか」

ラナはアイナリアの胴をじっと見つめた。

いや流石に巨大な竜の胃はこんな木の実と燻製肉、マナポーションで膨れやしないだろう。

ラナは少し天然っぽいかもしれない。

アイナリアもラナの大真面目な顔つきが面白かったのか、笑っていた。

『そういう話じゃないわ。ちょっと見ていなさいな……と言いたいところだけど。カケル、ここでちょっとしたクイズよ』

アイナリアはどこかいたずらっぽい仕草で、楽しげに言った。

『あたしはさっき、街に入っても騒がれない手段があるって言ったわよね。それ、何だと思う？』

「どうしたんだいきなり。それは俺も気になってはいたけど……」

しばらく考え、思い至ったのは月並みなものだった。

「透明になるとか、まさか小さくなるとか？」

『小さくなる、は半分正解ね。じゃあ、答え合わせの時間よっ！』

アイナリアは自分の直下に真紅の魔法陣を幾重(いくえ)にも展開した。

幾何学模様が回転し、アイナリアの体を輝かせていく。

――一体どうする気だ？

問おうとした瞬間、魔法陣の輝きが最大に達し、目を開いていられないほどの閃光に包まれた。

「……どうなったんだ？」

目を開くと、さっきの魔法陣の副産物か、周囲には煙が漂っていた。

しかしアイナリアの巨躯はどこにも見当たらない、つまり小型化に成功したのか。そのまま目を凝らして煙の中を見つめていると、アイナリアが立っていたところに人影が現れていた。

背丈は俺より少し低いくらいで、すらりと細い手足が煙に隠れたシルエットとして浮かび上がっている。

鮮やかな夕焼け色のさらりとした髪は、肩のあたりで揃っていた。

瞳は翡翠(ひすい)色の輝きを帯びている。

端正に整った顔は勝ち気な雰囲気と表せばよいのか、不敵な笑みを浮かべている。もっと柔らかく微笑んだなら、十人中十人の男は心を動かされると思われる、明るい美貌がそこにあった。

『どう？　カケルくらいの大きさになったでしょ？』

ブイ、と左手の指を二つ掲げた少女は、どこかしてやったり顔だ。

驚いた？　驚いたでしょ？　と表情によく現れている。

「ア、アイナリア……なんだよな？」

『そりゃそうよ。あんたの相棒、爆炎竜アイナリアよ！』

まさか人間の姿になるなんて、と我が目を疑ってしまった。

しかしよく考えれば、高位の竜は魔術を使える、という設定が《Infinite World》には存在していた。

高位の竜、という線引きがかなり曖昧だなぁとか前世で思ったが……。

「……魔術で人間の姿になったのか。こうすれば問題なく人間の街に入れるし、食料も爆炎竜の姿ほど消費せずに済むな」

「竜ってこんなことまでできたのですね……。カケルさんたちとお会いしてからびっくりするばかりです。ですが……どうして全裸なのですか⁉」

ラナは若干あわあわとしつつ、びしぃっ！　と指差した。

その先には全裸を惜しげなく晒しているアイナリアの堂々とした姿があった。

『都合よく服まで生成できないわよ』

「カケルさん！　さっきの秘術で服とかって出せませんか？」

「待っていてくれ、すぐに出す」

アイナリアとは逆方向を向き、俺はアイテムボックスに何か衣類はないかと探す。

流石（さすが）に全裸じゃ人里にも行けないし風邪も引く。

何より男の俺も困ってしまう。

いくつか衣類らしきアイテムを見つけ、ウィンドウをタッチする。

するとラフな和服が目の前に現れた。

「これ、正月の福袋で出た外れアイテムだったっけ……」

正月に一人一回引ける福袋と称されたアイテムガチャで、俺はこの和服を含めたアイテムの詰め合わせを引いたのだ。

今まで使っていなかったので記憶から完全に抜けていた。

それに結構ゆったりした服なので、胸が大きくスタイル抜群のアイナリアでも、どうにか着れるのではなかろうか。

そう思いつつアイナリアに服を渡し、岩陰でラナに手伝ってもらいつつ、着替えてもらう。

……下着は必ず次の街で調達しようと心に決めた。

「で、できました！　どうですか、カケルさん」

『これが人間の服ね。少し変な感じがするけど、温かいわね』

待つこと数分ほど、アイナリアとラナがゆっくりと岩陰から出てきた。

どうにか着られたようだが、ちょっと胸元が開いている。

――男モノだし少し無理があるよな、流石に。

しかし他の服では胸元がぱつぱつだろうし、それはそれで悪い。

防具を着てもらうのもありかと思ったが、いいや、俺用に調整されているしアイナリアでは装着が難しいだろう。

「すまないアイナリア。しばらくそれで我慢してくれ」

『……？　どうして謝るの？　あたしこれ結構気に入ったわよ。……さ、あたしの服の話はこれくらいにして、そろそろ食事にしましょ！　もうお腹ぺこぺこよ～』

アイナリアはすっと座り込んで、自分の食料を食べ始めた。

もう我慢できなかったのかラナも同様に食べ始めたので、俺も夕食をいただく。

まずはルッカの実から。りんごくらいの白っぽい木の実で、芳醇な甘い匂いがする。

がぶりと齧れば、甘い蜜が口いっぱいに広がった。

青臭さもなく、齧った途端に口が止まらなくなった。

転生初日からゴタゴタしていたせいで、体がエネルギーを欲しているのだろう。

あっという間にルッカの実を食べ終え、次にグルゥ肉の燻製を手に取る。

グルゥは大きな鶏のような魔物だったが、燻製肉の見た目はビーフジャーキーに近い。

魔物であるからか、白っぽい鶏肉に比べれば大分黒っぽい肉だった。

指でちぎったグルゥ肉を一欠片、口に放り込んでみる。

すると歯ごたえのある食感と一緒に、肉の旨味と塩味がぎゅっと舌を刺激した。

設定通りに美味い肉であり、噛めば噛むほど旨味が染み出してくる。

……その時、目の前に揺らめく火に視線がいった。

俺はアイテムボックスから短剣を出し、燻製肉を刺し、軽く火で炙ってから口に放り込んだ。

「……美味い！」

風味がより一層深くなり、肉も柔らかくなった。

そして口の中が肉の旨味で満たされたところで、マナポーションを飲む。

マナポーションの味は、エナジードリンクに近かった。

炭酸抜きのエナジードリンクとでも形容すればいいのか。

甘ったるいが、炭酸飲料といいチューハイといい、肉の旨味と甘い飲み物は意外とよく合うものだ。

当然ながら、このマナポーションもグルゥ肉との相性は悪くなかった。

また、こちらを見て何を思ったのかアイナリアが手を伸ばしてきた。

『その短剣、あたしにも貸して！』

「カケルさん。次は私にも！」

「もう一本あるから、ラナはそっちを使ってくれ」

二人に短剣を渡すと、それぞれ燻製を炙って口に入れ、その後は俺と同じようにマナポーションをぐっと飲んだ。

『〜〜〜〜〜っ！　人間の食事って美味しいわね！　獲物の肉のブレス焼きよりよっぽどいい味してるわ！』

「私も、こんなに美味しいお肉は久しぶりです……！　感激です！」

アイナリアもラナも、相当に気に入ってくれたようだ。

一方の俺と言えば、当然腹も満たされたが、一緒に胸も密かに満たされていた。

――誰かと一緒に食事なんて、久しぶりだな。

学業とバイトで忙しかった前世では、昼食も夕食もかなり遅い時間にとっていた。

だから数少ない友人とも食事の時間が合わなかったし、一人でぽつんと毎日食事をしていたものだ。

……その前に暮らしていた親戚の家での食事は、言わずもがなだ。

初日からドタバタとしてしまったが、こうして誰かと暖かく食事をとれるだけで、異世界に来てよかったと思えた。

第3章
東の四大ギルド

翌日早朝、起き出して手早く身支度を済ませ、焚き木の跡を処理した俺たちは爆炎竜の姿に戻ったアイナリアに乗り込んだ。

空模様は曇天ながら、俺たちにとっては好都合だ。

「アイナリア、一気に上昇して雲の上に隠れて飛ぼう。そうすれば兵士たちに見つからずアークトゥルスまで飛べる」

『分かったわ。それとラナ、昨日は気絶していたけど今日は意識を飛ばさないようにね？』

「が、頑張ります……！」

まずアイナリアの背に俺が跨り、その後ろにラナが乗って俺にしがみつく形になった。

アイナリアは背にいるこちらの様子を確認すると、一気に羽ばたいた。

鉛色の重い雲を突き抜け、一気に蒼穹へと躍り出る。

「わあぁ……っ！」

アイナリアの背で風を受け、青空と雲海を眺めるラナが歓声を上げた。

気持ちは分かる。

この開放感は竜の背でなければ味わえない、特別なものがある。

「これが竜騎士の目線、カケルさんたちが住む世界なのですね。素晴らしいです……！」

『そりゃあたしの背だもの。逆に文句言ったら振り落とすわよ』

茶化したふうにアイナリアは言う。

こちらに視線を投げかけ、アイナリアは続ける。

『昨日は装備について悩んでいたけど、やっぱり変えたのね』

「ああ。銀河一式だな」

今全身に着込んでいるのは、鈍い銀と藍色に輝く軽鎧だった。

決して派手ではないが、希少な隕鉄系の素材と銀河竜メテオニー・ドランの素材を必要とする、高レアリティの装備になる。

なお、防御力がそれなりなもののスキルが皆無(かいむ)という、天元一式と同じくこれまた性能的には微妙な方だ。

それでもシンプルかつシャープな外見は無駄がなく、俺の心を掴んで離さない。

つまるところ、これも俺のお気に入り装備の一つだった。

――それに昨日の天元一式と比べれば、鎧が軽いからか着ていてあまり疲れない。着心地はこっちの方がいいし、武器の剣も軽めで扱いやすそうだ。

柄を握って剣身を小さく抜き、様子を確かめる。

当然ながら、武器の方も昨日とは違うものを装備している。

昨日までの武器である天元之銀剣を魔剣とするなら、今の武器、彗星剣(すいせいけん)メテオニスは見た目については細身で凡庸な剣に見える。

けれど斬れば彗星のような輝きを見せるこの剣もまた、俺の厨二心をくすぐるお気に入り装備の一つだった。

この剣も特にスキルはないが純粋な火力や汎用性が高く、使い勝手に優れている。

きっとアークトゥルスでの冒険者生活で役立ってくれるだろう。

「綺麗な剣ですね。それに鎧も昨日よりも冒険者らしくていいと思います」

「冒険者らしくて、か。ちなみに他の冒険者ってどんな鎧なんだ?」

ラナは「うーん」と可愛らしく唸った。

「そうですね。昨日の鎧に比べれば……地味、と言ったらいいのでしょうか。故郷の近くでもたまに見かけたのは、鉛色が剝き出しのシンプルな鎧であったり、はたまた革鎧だったりです。それでも今の方が冒険者らしいかと思いますし、昨日までの装飾付きの黒鎧姿は、アイナリアさんに乗っていなければ竜騎士ではなく魔王でしたから」

「ま、魔王ときたか……」

今思えばラナが警戒して嘘寝していた理由、あれって鎧の外見のせいもあったのだろうか。

格好いいと思い装備していたが、あれはラスボスを倒してその素材で作成した装備なので、禍々しさがあるのは間違いない。

……冒険者をやるなら、渋々ながらこうして鎧を変更して、却ってよかったのかもしれない。

『魔王でもなんでも、ちゃんと戦えればそれでいいのよ。肝心なのは戦闘能力。昨日の動きを見た感じ、幸い腕も鈍ってないみたいだしね』

それは異世界に来ても、という意味か。

それなら正直、まだ分からない。

昨日は魔術も剣も、クエストの時に比べればほんの少し振るった程度だ。

――神様は《Infinite World》での力やスキルなんかを全て授けてくれるって言っていた。それは昨日動いてみた限りだと、前世でのプレイヤースキルが剣技みたいなこの世界での肉体の動きにそのまま反映されるって解釈で合っているとは思うけど……。

ともかくそのあたりを明らかにするためにも、冒険者ギルドで冒険者登録を行い、手頃な依頼で実験もしてみたかった。

＊＊＊

東の四大ギルドアークトゥルスは、防壁街ウィンダリスの中央に位置している。

なぜ防壁街なんて物騒な名前が街に付いているかについては、魔物の侵入を防ぐべく、高い壁に囲まれた街だからだ。

街への出入りは東西の大門からのみで、他は見渡す限りの壁。

ウィンダリス付近には凶悪な魔物が出没する森が近く、壁で守らなければ住民は安全に暮らせない。

しかしウィンダリスも壁のみに頼ってはいられない。

昔から壁を伝い、または空から、時たま魔物が街に侵入しては人々を襲ったからだ。

そこでウィンダリスを擁する領主は各地から腕利きの益荒男を集め、街を魔物から守るために纏め上げた。

それが現在のアークトゥルスの元となり、今ではアークトゥルスは四大ギルドの一角として数えられている。

――確か設定だと、こんなところだったか。

『やっぱり活気のある街ね！　中に入るとよく分かるわ！』

「流石は東の都、ウィンダリスです！　こんな都会に来たの、初めてかもしれません……！」

人間の姿のアイナリアとラナは、瞳を輝かせて周囲を見回していた。

アイナリアの背に乗り丸三日。

俺たちは無事にウィンダリスへと辿り着き、手近な森に着陸して、アイナリアには人間の姿になってもらっていた。

　門には衛兵が立っていたが、人通りが多いためか気になった荷車の中身を検める程度で、旅装だった俺たちを気にも留めなかった。

　そんな訳で、俺たちは無事に街へと入れていた。

《Infinite World》同様に中世ファンタジー風の街並みが広がり、住人たちもＮＰＣとは違い、表情豊かに動いている。

　生活は現代日本と比べて水準が低く苦労も多いだろうと、力仕事に勤しむ人や、傷ついた冒険者と思しき人たちからも感じるが……なぜだろうか。

　死んだ社畜みたいな目をしている人や、前世の俺のように日々どん詰まっている目をしている人は、少なくとも視界の中には一人もいないように思えた。

　皆、生きるために、力強い目をしている。

　ラナもそうだったが、異世界に生きる人の目は誰もが逞しく俺には映った。

　——神様が愛した異世界の光景の一つが、きっとこれなんだろう。

『カケル、そろそろ行くわよ。いつまでもぼんやりしないの』

「悪いな、早くアークトゥルスへ行こう。まずは冒険者登録を済ませないと」

　街の中央へ続く道は、《Infinite World》と全く同じだった。

　なんならアイテムショップから装備屋の配置までそのままだ。

道端にいる獣人族の猫耳少女二人は、コアなファンから根強い人気があったりしたが、その子たちの姿までそのままだ。

相変わらず仲良くあやとりをしていて微笑ましい。

他にはやたらイカつい八百屋のおっさんに、たまにいる行商人の姿まで。

こうして《Infinite World》のキャラクター、もといそのオリジナルの方々を眺めつつ、プレイ中に何度も歩いてきた道を自分の足で踏みしめて進める日が来るなんて。

プレイヤーの一人としては大感激だった。

そうして街並みを眺めつつ進んだ先、目的のギルド、アークトゥルスがそこにあった。

赤い煉瓦造りのギルドは、周囲の住宅や店に比べれば五倍以上も大きく感じる。

出入り口の上にはギルドの紋章である、風と剣を象った紋章が深く刻まれている。

あまりの立派さに一見して屋敷のようにも見えるが、出入り口からは剣や戦鎚、弓を担いだ冒険者たちが行き来している。

間違いなくここは、俺が《Infinite World》でも所属していたアークトゥルスだ。

俺はこのギルドで、もう一度冒険者生活をやり直す……否、始めていくのだ。

『カケル、緊張する？』

相変わらず茶化した物言いのアイナリアに、俺は「少しな」と小さく頷いた。

「この街と同じだ。何度も見たことがあるのに、来るのは初めてなんて。不思議な気分にさせられるよ」

『ま、カケルらしいかもしれないわね。でも中に入ったら気をつけなさいな。舐められないようにしっかり気を張っていきなさい。なおかつそこそこリラックスして、噛んだりもしないようにね』

「アイナリアさん、言っている内容が真逆ですよ」

あはは、と笑うラナ。

けれどアイナリアの言った内容はきっと間違いじゃない。

冒険者稼業は舐められたら終わりとギルドのＮＰＣも言っていたし、けれど気を張りすぎて空回りしてもよろしくない。

――よし、いくぞ。

俺は一度深呼吸をしてからギルドに踏み入った。

画面からは決して感じ取れなかった冒険者の熱気、活気、怒声があちこちから飛び交っている。

ここはゲームではない、人が生きる異世界なのだと理屈ではなく肌で実感する瞬間だ。

ギルドを一瞥し、受付カウンターなどの配置はやはり《Infinite World》と同じであると把握する。

右手側には依頼書が張り出されたクエストボード、左手側には併設された酒場、そして奥には受付カウンターがある。

併設された酒場からは酒や強い香辛料の匂いが漂い、食欲をそそられそうになる。

昼食は冒険者登録後にここでとろうと決めた。

……ただし、アイナリアとラナは既に酒場の方に視線が向かっていた。

『カ、カケル……！　あたし、早くあっちに行きたいわ！　それに人間じゃないし、別に冒険者登録とかもいらないしね』

「……あ、冒険者登録についてなのですが。私は本名などを冒険者ギルドや行政機関に登録すると足がつきそうなので、しばらくは遠慮したいのですが……」

アイナリアは純粋に冒険者登録に興味なさげだし、ラナに至っては事情が事情だった。

「でも偽名とかで一応の登録ってできないのか？」

「それはきっと難しいかと。冒険者ギルドでも大きなところは登録時に鑑定水晶を使うと聞きますから。嘘をつけばすぐにばれちゃいます」

「鑑定水晶、なるほどな」

あれは確か、設定上は嘘発見器みたいな役割を果たす魔道具だ。

使用者が手を触れ、もし虚偽を述べれば水晶が赤く発光するのだったか。

ストーリーイベントでもあれを活用して悪人の嘘を暴く一件があったし、それを鑑みればラナは冒険者登録はやめておいた方が無難か。

「じゃあ俺だけ行ってくるよ。二人は昼食で何を食べるか決めておいてくれ」

『りょーかいよっ！』

「分かりましたっ！」

アイナリアとラナは妙に意気投合した様子で酒場の方に向かっていった。

俺は二人の背を見送ってから、受付カウンターへ向かった。

そこには《Infinite World》と瓜二つの、長めの栗毛を三つ編みにした受付嬢が待っていた。

こうして実際に見ると、かなりの美人さんである。

「冒険者ギルドアークトゥルスへようこそ。どのようなご用件でしょうか？」

「冒険者登録をしに来ました」

受付嬢は「分かりました」とカウンターの下から、ペンと書類を取り出した。

「文字の読み書きはできますか？　難しければ代筆いたしますが」

「大丈夫です、自分で書きますよ」

俺は受付嬢からペンと書類を受け取り、サラサラと記入していく。

書類の中身は名前や性別に種族、そして犯罪歴の有無など、かなり基本的なものだった。

それとさっきの受付嬢の代筆の提案について、前世では日本の識字率はほぼ百パーセントだったが、海の向こうではそうでない国もあったのだと思い出す。

異世界の識字率というのは、意外と低いのかもしれない。

ともかく俺が「カケル」のアバターと統合しているからか、この世界の言語が理解できて本当によかった。

書き終えた書類を渡すと、受付嬢が水晶玉を差し出してきた。

「これは鑑定水晶になります。ご存知かと思いますが、虚偽を述べれば赤く輝きます。これから書類の記入内容についてお聞きしますが、その間は水晶に触れたままでいてください」

「分かりました」

それから受付嬢は名前や種族などが書類に書かれた通りか、俺に一点ずつ質問をしてきた。

特に虚偽を記入した訳ではないので、俺は全て「はい」と答えるだけで事足りた。

受付嬢も書類の各所にチェックを入れ「問題なしです」と言った。

そして最後に、後ろにあった金庫からネックレスのようなものを取り出し、何らかの魔術を唱えてから俺に手渡してきた。

ネックレスにはプレートが付いており、そこには《アークトゥルス所属：Fランク冒険者　カケル》と刻まれていた。

「それではこの認識票をお受け取りください。身分証明にもなりますので、どうか失くさないようにお願いいたします。紛失されますと再発行に千ペリル必要になりますので、そのおつもりで。……それと一点、これは私の興味本位の質問なのですが……」

受付嬢はこちらに綺麗な顔を近づけ、耳打ちした。

「その装備、業物とお見受けしますが、以前は別のギルドに所属していたのですか？」

「うーんと、そうですね。そんな感じです」

雑に笑って誤魔化しにかかる。

まさかゲームでここに所属していました、なんて言えないし言ったところで首を傾げられて終わりだろう。

最悪、変人扱いされかねない。

「あまり詮索しないでいただけると助かります」

「ああ、すみません。鑑定水晶が光らないなら、余計な詮索はしないのが礼儀ですよね。すみません、受付なのに……」

「構いませんよ。それではこれからよろしくお願いします」

そう言い残し、俺はクエストボードへ向かった。

さて、どんな依頼があるか少し確認してみようか。

悪くないものがあれば明日から受けてみるのも……。

『カケル！　ちょっとヘルプよ！』

「……アイナリア？　どうかしたのか？」

振り向けば、焦った様子のアイナリアが駆けてきた。

アイナリアは俺の手を掴み、ぐいぐい引いていく。

『ラナが変なのに絡まれちゃって。どうにかしてほしいのよ』

「変なの？　アイナリアでも無理な相手なのか？」

問いかけると、アイナリアはバツが悪そうな表情になった。

『……そいつ酒臭いの。あたし、鼻がいいから臭いの苦手で……』

「酔っ払いが相手かよ……」

ここが有名な四大ギルドの一角とはいえ、荒くれ者揃いなのが冒険者ギルドだ。女の子二人だけで酒場に突っ込ませたのが間違いだったか。

アイナリアに連れられた先、人ごみをかき分けて向かうと、そこには。

「どけやガキ！　そいつは俺との博打(ばくち)に負けた癖に、払う金もねぇカス野郎だ。どう料理したって俺の勝手だろうがよ！」

「ど、どきません、輝きの女神様に誓って！　半ば強引に席に着かせてサイコロを振らせたのを、私はこの目で見ました！　そうやって弱い者いじめをして、何が楽しいんです！」

酒瓶を片手に酔った大男の手前、声を張り上げて少年を庇(かば)うラナの姿があった。

状況や話の内容からして、自分とは無関係な少年を庇ったのだろう。

俺たちに「王家の血を引く」という身の上話を包み隠さず語ったあたりから、かなりの正直者かつお人好しだとは思っていたが……。

——本当に人がいいんだな。お人好しの純粋培養って感じの子だ。

しかも意外と肝が座っていて、酔っ払いの大男と真正面から言い争っている。

……本音を言えば、俺は前世から言い争いや怒鳴り合いが苦手だ。

非生産的でエネルギーの無駄だと思うし、互いに獣ではなく人間なんだからもっと論理的に解決したらどうかと思ってきた。

だから前世の俺なら間違いなくこんな面倒な場面はスルーしていた。

……でも、今の俺は転生し、心のままに生きると決めた身だ。前世とは違う。

——それなら勇気を持てカケル、仲間が困っているんだぞ。それにこんな酔っ払い、ハーデン・ベルーギアに比べれば屁でもない！

「テメェ！　小娘だからって手を出さずにいてやれば……！」

「やめろ」

酔っ払いがラナに掴みかかろうと伸ばした手を、俺は真横から掴んで止めた。

「あぁ？　誰だお前……ぐっ！」

「動くなよ、女の子相手に大の男が手を上げるのか？」

少し力を込めると、酔っ払いは呻いて動きを止めた。

「カケルさん……！」

「ラナ、男の子を連れて下がっているんだ」

「はい！」

ラナは少年を連れ、後ろのアイナリアのところへ向かって行く。

それを見て、酔っ払いはこめかみに血管を浮かせ、声を荒らげた。

「おい、若造！　他所のいざこざに首突っ込むとはどういう了見だ？　そのガキは俺との博打に大負けしたんだ。さっさとこっちに引き渡せ！」

「俺の仲間は強引に博打に参加させたって言っていたけどな。ラナ、どういう状況だった？」

問いかけると、ラナはゆっくりと話し出した。

「この子は、食事をしにここに来たようでした。しかしお金もなさそうにふらふらしていて、その男の人に目を付けられて。食事がしたいならこっちに来てサイコロを振れ、と……」

ラナがそう言うと、少年は涙目で呟いた。

「お、おいら知らなかったんだ。サイコロを振れば食わせてもらえるって思ったから。まさかそれが博打だったなんて、田舎からこっちに来たばっかのおいらにはとても……！」

「ケッ！　それがどうしたってんだ！　振ったもんは振って、お前は負けた！　払うもんは払いやがれよ。たかだか五千ペリルだ！」

「そ、そんな金、おいらには……」

酔っ払いの怒声に、少年はびくりと肩を震わせていた。

その怒声が、前世で俺に冷たくした親戚の姿と重なって、どうにも腹の虫が悪かった。

「なるほどな。ものを知らない少年から金を巻き上げようとしていると。……そうでもしないと儲けられないのか？　冒険者としてよっぽど腕に自信がないのか」

「……おい、若造。お前、この俺を馬鹿にしてやがんのか？　少し珍しい鎧を着込んでいる程度でこのBランク冒険者、バッシュを侮ったか？」

バッシュと名乗った酔っ払いは傍に立てかけてあった大斧を手に取り、ガツン！　と鐏で床を打った。鐏がギルドの石床とかち合い火花が散る。

「その鎧、輝きからして並みのもんじゃねぇだろ。お前も手練れなら認識票を見せな」

バッシュは自慢げにBランクと刻まれた認識票を懐から取り出し、チラつかせる。

俺は思わず首を傾げそうになった。

——この鎧を知らないってなると、銀河竜メテオニー・ドランを知らないのかコイツ？　Bランク冒険者なのに？

銀河竜メテオニー・ドランは《Infinite World》では星をモデルにした美しい技やシャープな外見から人気が高く、かなり知名度のあるボスだったが。

それにふと気になったのだが、こいつ本当にBランクなのだろうか。

知識面もそうだが、Bランクなら装備は最低でもボス級魔物の統一装備になるはずだ。

しかし目の前のこいつは種類がバラバラの鉱石素材系装備で全身を固めている。

……周囲の冒険者に至っては最低位の獣皮素材系の装備なのだが、連中がたまたま低ランクなだけだろうか。

「おい、何ジロジロ見てやがんだ。さっさと出せ！」

「そう焦るな。今見せる」

ギルドに入る前、アイナリアに言われた『舐められないようにしっかり気を張っていきなさい。なおかつそこそこリラックスして、噛んだりもしないようにね』をしっかりと実行しつつある俺は、ゆっくりと認識票を奴の前に晒した。

するとバッシュを始めとした、周囲の冒険者はどっと沸いた。

「くっ……がははははっ！　こいつぁ傑作だぁ！　お前、どっかのボンボンだろ？　そんで親に装備だけ固めてもらって、登録も済ませたばかりで冒険者気取りとは恐れ入るぜ」

バッシュは爆笑しすぎて出た目元の涙を指で拭い、二メートルに届こうかという巨体を伸ばしてゆっくりとこちらに迫り来る。

狂犬めいた笑みを浮かべ、バッシュは言った。

「お前みたいな世間知らずの若造に冒険者の流儀を教えてやらぁ。そんでもって、後ろの小娘にもちょっとしたお仕置きが必要だな」

バッシュの笑みに下卑(げび)た感情が混じったのを感じ、俺は顔をしかめた。

「決闘か？　……ラナに、仲間に手を出そうとするなら容赦はしないぞ」

こちらも声を低めて凄んだ。

ギルドの入り口でアイナリアの言っていたことが、ようやくはっきり分かった気分だった。

舐められたら終わり、それが冒険者という生き物であり、稼業なのだ。

体面も重要という意味では、ある意味ヤクザ者に思えなくもないが。

……それに内心では態度とは裏腹に、少しヒヤリとしていた。

《Infinite World》には対人戦、俗に言うＰｖＰの要素はなかった。

ランキングもあくまで魔物狩りのＴＡがいいところだった。

つまるところ、俺には対人戦の心得など皆無なのだ。

一触即発の雰囲気、肌が痺れる殺気を既にバッシュから感じるが、さてどうなるか。

「体格は悪くなさそうだなァ、そんでもってボンボンの割に胆力もある。だがな、動きが甘けりゃそれで終わりだってんだよ！」

バッシュは大斧を振りかざし、こちらに叩き込んできた。

「……っ！」

反射的に引き抜いた彗星剣で一撃を受ければ、足裏が床にめり込むのではという衝撃が体を駆けた。

――コイツ、酒場で本当に仕掛けてきやがった！

周囲の被害を考えていないのか？　椅子とか机とかが壊れたらどうする気だ。

そう思いつつ、物損はないかと小さく振り向くと……。

「あの新人、バッシュの一撃を受けやがった！」

「クーッ！　冒険者らしくていいじゃないか！　速攻で終わったらつまらんぜ」

「おいお前ら、どっちが勝つか賭けろ！　バッシュの七連勝か？　大穴で新人の勝ちか？」

「共倒れも入れろよ」

逞しいと言ってもいいのやら、冒険者たちがぐるりと輪のようになって俺たちを囲み、賭けまで始まっていた。

どうやら酒場での乱闘は日常茶飯事であると、場の雰囲気で理解した。

『カケルー！　負けたら承知しないわよー！』

「カケルさん！　お気をつけて！」

冒険者たちの声に混じって、アイナリアとラナも声援を送ってくれている。

止める者が皆無なのは少しおかしい気もしたが、いいや、違う。

これがこの世界での常識、言ってしまえば「普通」なのだ。

力こそが全てだと、それがこの世界であり、冒険者そのものだと言うのなら。

俺もまた、その流儀に則るまで。

この世界で生きていくと決めたのだから、いつまでも日本生まれ日本育ちの頭ではいけない。そのままではいつか命を落とすと実感した。

――覚悟は決まった、反撃開始だ！

「ハァッ！」

気合いを込め、受け止めた大斧を弾きあげる。

あの大斧の名前は何と言ったか、そのままバトルアックスという名前で店売りされていた気がする。

けれどこちらの彗星剣メテオニスの攻撃力は、向こうの倍以上はある。

後は筋力と技量の問題、ならば培ったプレイヤースキルをこの肉体に反映させ、真正面から打ち勝つまで。

「弾いたのか……⁉」

体勢を崩し瞠目するバッシュへと、真上からの縦斬りを仕掛けに構える。

奴は咄嗟にバトルアックスの柄で受けようとするが、遅い。

縦斬りの構えはフェイント、本命は体を瞬時に捻って、奴の武器を下から再度弾き上げる一閃だ。

魔物の素早い動きへの対応に比べれば、この程度の動きは造作もないことを、他ならぬ自身の肉体が知っていた。

「そこだッ！」

勢いのままに振り抜いた彗星剣が、バトルアックスの柄を捉えた。

そのまま真上に弾き上げようとした……瞬間。

彗星剣の刃が苦もなく鋼鉄の柄に入り、そのまま真っ二つにしてしまった。

「は、あぁ……!?」

バッシュ自身は尻餅をついてぽかんと大口を開き、二つになった得物を見つめている。

さらに周囲の冒険者たちの大声もピタリと止み、バッシュと似たような表情だ。

ただ、アイナリアとラナはどこか誇らしげにこちらを見つめている。

俺はバッシュの鼻先に彗星剣を振り向けた。

「まだやるか？」

その一言で我に返ったのか、バッシュは酔って赤くなっていた顔をさらに赤くし、叫んだ。

「ふざっけんなァァァァァァ！　テメェ、俺がこいつを買うのにどんだけ金出したと思っていやがるんだッ!!」

真っ二つになったバトルアックスの、刃が付いている方を振るって迫るバッシュ。

俺は右手の彗星剣でバトルアックスを受け止め、空の左拳を奴の腹へと叩き込む。

ボスン！　と鈍い音がして、バッシュが白眼を剝く。

「げあ……ぁっ⁉」

拳を振り抜けば、バッシュは椅子や机を巻き込み大きくすっ飛んで、ギルドの壁に激突してから仰臥した。

一方の俺は冷静を装って「ふん」とか鼻を鳴らしてみせるが……内心ではバッシュを少しだけ心配していた。

――やべぇ、殺っちまったか？　いや生きてるよな……？

俺も命まで取る気はなかった。

というかこの体の筋力、一体どうなっているのか。

あんな大男を拳の一発で吹っ飛ばすなんて。

しかも攻撃力強化系のスキルも魔術も一切なし。

これなら《Infinite World》でも大型トラック並みの魔物だって倒せるというものである。

――今後は誰かに絡まれても適当にあしらう程度にしよう。ただし、冒険者らしく舐められないように。

気絶したバッシュが一応呼吸していると気がついて、俺は小さく息を吐き出した。

『やるわね、結構鮮やかな手際だったじゃない』

後ろからパンパンと肩を叩かれ、振り返るとアイナリアは満面の笑みを浮かべていた。

『あたしの相棒としても申し分ない活躍だったわ。これでこのギルドで下に見られることも減るだろうし』

「その、カケルさんすみません。私のせいでカケルさんも巻き込んでしまって……」

アイナリアの次は、どこか申し訳なさげにするラナがやって来た。

俺は「そんなことない」と首を横に振った。

「困っている少年を助けて何が悪いもんか。気にしないでくれ」

そう言うと、横からさっきラナが助けた少年が顔を覗かせた。

茶髪の縮毛で、純粋そうな瞳をした少年だ。

前世で《Infinite World》を渡してくれた友人を思い出した。

「冒険者さん、助かったよありがとう。おいら田舎から出てきたばっかかで、右も左も分からなくてさ……。次からサイコロは振んないようにするよ」

少し訛った声で少年は朗らかに言った。

「そんでさ、何かお礼がしたいんだけど……」

「俺は仲間が酔っ払いに絡まれていたから助けただけさ。お礼はいいよ」

金のない少年から巻き上げてはバッシュと同じだ。

すると少年は猛烈な勢いで首を横に振った。

「いやいや！　おいら母ちゃんから教わったんだ。助けてもらったらお礼をしろって。それに実は、おいらの婆ちゃんがこの辺で魔道具店をやっていてさ。手伝うためにおいらもこの街に来たんだけど、もしよかったら寄っていかない？　婆ちゃんに言って、ポーションとか渡すからさ」

少年は俺の手を掴み、今にも引いて行きそうな勢いだった。

この世界の住人は、やはり前世と比べても押しが強く、勢いのある人間が多いらしい。

けれどそんな彼らのことが、俺は嫌いではなかった。

「そこまで言うなら、連れて行ってもらおうか」

「うん！　それとおいら、レスターって言うんだけどさ。冒険者さんは？」

「カケルだよ。よろしくな」

こうして俺たちはレスターに連れられ、魔道具店……アイテムショップへ向かうことになった。

俺としてもアークトゥルスに行きつけのアイテムショップができれば好都合だし、売り物もどんな品揃えか気にもなった。

ただし……。

『えっ、昼食はどうするの？　焼きグルゥ肉のチーズ乗せとか食べたいんだけど！』

アイナリアはまだここで昼食を食べる気でいた。

「この惨状じゃあなぁ……」

見渡せば酒場は机や椅子が散らかり、砕けたり折れている物すらある。

一部のギルド職員が片付けている真っ最中で、とても食事にありつけそうな様子ではない。

「やっぱりやりすぎたかな。片付け、少し手伝って行った方がいいか……」

「それには及びません。いつもの話ですから、我々も片付けには慣れています」

少し申し訳なく思っていると、さっきの受付嬢がやってきて、くすりと笑った。

「破損した物品の請求も騒ぎの原因となったバッシュさんに行きますのでご安心を。ああやってすぐに酔って問題を起こすのを、私たちも問題視していたところでしたので。よい薬になるかと思います」

「そう言ってもらえるとありがたいですが、次からはもう少し気をつけますね」

……それから結局、アイナリアも流石に空気を読んだのか、昼食は外に出て食べる話に落ち着いた。

ただしさっきアイナリアが言っていた焼きグルゥ肉のチーズ乗せなるものは気になったので、今度食べようと心に誓った。


レスターに連れられた先はウィンダリスの大通りからはかなり外れた脇道だった。

『暗くて狭い道ね。もっと明るくて広い場所は通れなかったの？』

「許してよお姉さん。おいらも婆ちゃんには大通りとかに店を出そうって前に言ったんだけどさ。聞き入れてもらえなかったんだ」

横を歩くアイナリアは俺にだけ聞こえる小声で『両脇の建物が近くて高い。見上げる空も窮屈ね』と呟いた。

いざという時に飛び立ちにくいからだろうか、アイナリアは少しむすっとしている。

けれど俺の方はこの道に見覚えがあり、もう少し進みたい気分だった。

「もしかして、この先にある魔道具店って……」

何度か路地を曲がった先、小さな木製看板が立つ小屋の前でレスターは止まった。

「着いたよ冒険者さん。ここがおいらの婆ちゃんが経営するマディナ魔道具店だ」

「こんなところにもお店があるんですね。迷路みたいな路地の中で、辿り着くまでが大変そうですが……」

ラナは興味深そうにきょろきょろとそこら中を見回している。

田舎育ちだと、大きな建物に周りを囲まれている環境は珍しいのか。

なお、一方の俺は小躍りしそうな心持ちになっていた。

――ああ、やっぱりここか！

あの路地を通ってきた以上、まさかとは思っていたけれど。

マディナ魔道具店、《Infinite World》でも人気だったアイテムショップだ。

どの街にもアイテムショップは基本的に存在しているが、中にはレアアイテムを扱う上級アイテムショップと呼ばれる店もある。

上級アイテムショップは稀にしか入店できない仕様になっていたが、この街の上級アイテムショップとはこの、マディナ魔道具店なのだ。

これはなかなか、いい巡り合わせかもしれない。

「婆ちゃん、おいらだよ。入れておくれよ！」

レスターがごんごんと無遠慮に店のドアを叩くと、次の瞬間、バン！　と勢いよくドアが内側に開かれた。

そのあまりの勢いに、ラナが小さく飛び上がっていた。

「相変わらず凄い開き方だなぁ。開いたってことは婆ちゃん起きてるんだね？」

「寝てたら開けないだろうレスター。長旅ご苦労様、疲れたんじゃないのかい？」

しゃがれた声の響いた薄暗い店に、コツコツと杖で床を叩く音がこだまする。

すると店の中のランプ――恐らく《Infinite World》と同じなら魔力灯と思われる――が一斉に灯り、明るく中を照らし出した。

そこで待っていたのは杖にもたれかかる弱々しい老人ではなく、すらりとした背の高い、年配ながら生気を感じさせる女の人だった。

白髪を後ろでひと束にし、小さく皺の刻まれた顔ながら鋭く力強い目をしていた。

《Infinite World》と同じ容姿、この人物こそ店主のマディナだった。

マディナはこちらを一瞥し、レスターに言った。

「もうお客を連れて来たのか。営業活動にしては少し早すぎやしないかい？」

「違うんだ婆ちゃん。この人たち、おいらの恩人でね。立ち寄ったアークトゥルスで酔っ払いに絡まれていたところを助けてくれたんだ。そんで婆ちゃんにおいらの代わりにお礼を頼みたくって」

「アークトゥルスに行った？　冒険者でもないお前がまたどうして？」

「あそこの酒場からいい匂いがしてさ。おいらお腹が減っていて、気になったから顔を出しちゃったんだよ」

そう言ったレスターの腹からぐうぅと大きな音がした。

マディナは盛大にため息を漏らした。

「お前たち、私の孫を助けてくれたみたいだね、ありがとうさん。昔っから問題ばかり引っ掛けてくる子だけど根は悪くないんだ、大目に見てやってほしい。お礼をしたいんだけど何がいいかね……」

マディナが顎に手を当てて考え込もうとした時、俺の横からもぐうぅと音がした。

……アイナリアがへなへなと座り込んでいた。

『ごめんカケル。あたし限界、美味しいもの食べさせてぇ……』

「ふふっ、これはお礼より先に食事だね。レスター、少し手伝いな。お前たちは上がって休んでいるといいよ。ええっと、名前は……」

「俺はカケルです。それにアイナリアとラナです」

手短に自己紹介を済ませると、マディナは「では三人とも来なさいな」と手招きした。

そうして俺たちはマディナの店の奥、居住スペースへと足を踏み入れた。

――《Infinite World》だと店の中までしか入れなかったけど、裏はこうなっていたのか。

調剤道具が棚に所狭しと詰め込まれ、天井からは薬草らしきものが逆さ吊りで干されている。

暖炉には火が揺らめき、釜で赤色の液体が煮られていた。

「そこに腰掛けていな、すぐに調理を終えるから。レスターは水の魔法石を棚から出しな」

「ええ、おいら疲れているのに……」

「お前が連れて来た客だろう、少しはもてなす手伝いをするんだね」

レスターは肩を落とし、野球ボールサイズの魔法石を棚から取り出した。

あれが水の魔法石か。

青い結晶状の外見は《Infinite World》の説明文と一致している。

マディナはレスターから水の魔法石を受け取ると大きな器に入れ、小さく念じながら円を描くように魔法石を撫でた。

「《水の精霊ウンディーネ・我らに清水を与え給え・静かに流れる命の糧を》」

マディナが唱え終わると、水の魔法石から燐光が散って、展開された魔法陣から水が溢れ出す。

初めて聞いたが、あれも魔術詠唱の一種だろうか。

眺めているこちらの視線に気づいたのか、マディナが口を開いた。

「魔法石を触媒にする生活魔術を見るのは初めてかい？　冒険者生活をする上で、水の魔法石は特に便利だ。飲み水や煮炊き、洗濯に必須だからね。詠唱も覚えておくといい」

マディナはそれからテキパキと調理を進め、時に火の魔法石を使った炎の調節方法も教えてくれた。

《Infinite World》では各種魔法石は武器素材だったが、異世界では生活と密接に関わっているのか。

俺も今後は何度も使うのだろうと、使い方や詠唱を頭に叩き込んでいった。

それからしばらく、旨味のある匂いが部屋いっぱいに漂い始めた。

アイナリアの腹の音はより大きくなり、ラナも瞳を輝かせている。

「ギルドの酒場に負けないくらいにいい匂いです！　マディナさんはお料理上手なんですね」

「若い頃は酒場の料理人もやっていたからね。腕に自信はあるよ、遠慮せずにたんとお食べ」

マディナが大きな盆に乗せて持ってきて、机に並べたのは、パンと温めたスープにサラダ、それにスペアリブのような骨つき肉に澄んだ朱色のソースをかけたものだった。

さらにワインのようなものまでコップに注がれれば、最早ご馳走そのものだった。

「さあ、召し上がれ」

『早速いただくわ！……っ、美味しい！』

アイナリアは早速肉に齧り付き、骨ごと噛みつきそうな勢いで味わっている。

それから先はもう無言で頬張っていた。

俺も前世の癖で「いただきます」と呟いてから、まずはスープを一口。

野菜の甘みと肉の出汁がよく効いていて、ほっこりとする味わいだった。

思わずふぅ、と落ち着いた息が転がり出る。

パンを千切って口に放り込むと、バターの香りがこっくりと口いっぱいに広がっ

た。

塩加減も程よく、食欲をそそってくれる。

異世界の料理はどれもこんなにも美味いのか、それともやはりマディナの腕がいいのか。

次に本命の肉に手を付けようと、骨の部分を持って肉に齧り付いた。

朱色のソースの正体は、果実を主としたものらしい。

程よい甘みが肉のジューシーな脂や香ばしい匂いと合わさり、気がついた時にはもう骨しか残っていない有様だった。

そんな俺の様子に、マディナは朗らかに笑った。

「口に合ったようで嬉しいね。甘い果肉と獣肉ってのは案外相性がよくってね。甘味と酸味が肉の脂と程よく調和してくれると、想像以上に口の中で働いてくれるってもんさ。お前さんも冒険者なら、今度野外で木の実でも採って試してみるといい。美味いものを食べると、体だけじゃなく心も癒されるってもんだ」

「心も……」

時間に余裕のなかった前世では、食事はただ空腹を消すためのものだったが、今世では腹も心も満ちる美味いものを求めるのも悪くないかもしれない。

そう思えるくらい、マディナから出された食事は美味しかった。

それからあっという間に食事を完食した俺たちは、マディナに温かい茶を出されていた。

ハーブのような独特の匂いがある茶だが、薬草の一種を煎じたものだとマディナは語った。体の毒素を抜く働きがあるのだとか。

「美味しい食事からお茶まで、本当にありがとうございます」

「これくらい当然さね。孫を助けてもらったんだ。感謝の気持ちで土産に素材でもポーションでも持たせるよ」

茶を啜（すす）るマディナに、俺は「では」と言った。

「店の奥の方に置いてあったハイエリクサー、あれを売ってはいただけないでしょうか。ただでもらうには高い物です、しっかりお金は払いますから」

「……ほう。あれに気がついたのかい」

マディナはティーカップを机に置き、立ち上がった。

「付いてきな。他の皆もね」

マディナは店に移動し、店の奥にある棚へと向かった。

そこには通常のポーションからハイポーション、スタミナポーションなど、各種の薬液が小瓶に入って売られていた。

その中に一つ、黄色いスタミナポーションに似た色ながら、薄い黄金色のポーションがあったのを、俺は入店時に見逃さなかった。

「この中のどれがハイエリクサーか……ふむ。視線だけで十分だ。見た目はほぼ同じなのに、これがそうだとよく見抜いたね」

マディナはスタミナポーションに紛れたハイエリクサーを手に取った。

ハイエリクサー、それは体力、スタミナ、魔力の全てを全開にできる激レアアイテムだ。

特に魔力回復アイテムは運営のこだわりなのか、体力やスタミナ回復アイテムに比べて超が付くほど希少だった。

ハイエリクサーもその例に漏れず、上級アイテムショップでもごく稀にしか置いていない品だった。

俺がこの魔道具店に入店できて幸運に感じていたのは、これを手に入れられる可能性があったからだ。

当然、他の通常アイテムを購入する先ができて嬉しいという思いもあったが。

「これは久方ぶりに、奇跡的に仕上がった一本でね。けれど普通に売ったら高値すぎて買い手が付かない、でも安売りしたって面白くない。ならスタミナポーションに混ぜ、運よく手にした者に託すのも面白いと思っていたのさ。ま、たまに来る客へのサービスってやつだね。ハイエリクサーは希少すぎて、どんな色をしているのか知っている奴さえ珍しいから。……時にお前さん、ギルドの認識票は？」

俺は首からかけた認識票を鎧から抜いて見せた。

マディナは「はぁ？」と間の抜けた声になった。

「最下位のFランク冒険者だって？　そりゃない、ありえないね。これをハイエリクサーだと見抜ける冒険者がそんな程度な訳ないよ。お前さん、どんな理由があって最下位冒険者なんだい？」

「色々とありましてね……」

転生したらSSSランクからFランク冒険者どころか無所属になっていました。

……なんて、上手く説明できる自信はない。

俺は後ろ頭を掻きながら、曖昧に誤魔化した。

「……そうかい。話したくないなら詮索しないけど……よし。これはお前さんに譲ろう。遠慮せず持って行きな」

「えっ、いやでも、ただでそんな……」

《Infinite World》では通常のポーションの値段が百ペリル。

それに対し、回復系アイテム最上位のハイエリクサーは二十万ペリルだった。

一ペリルは十円以上の価値と前にどこかの攻略サイトで見かけたが、日本円にして二百万円以上の物をただもらうなんて。

たじろいでいると、マディナは「構わんさ」と言い切った。

「元々スタミナポーションに混ぜて売っていた品だし、こんなたまにしか人が来ない店で眠らせるより、価値の分かる人間に持たせた方がいいのは明白だろう？　それでも受け取りにくいって言うなら、たまにこの店に顔を出しな。基本的には暇だからねぇ」

「婆ちゃん、だからそれ立地の問題だって前から言ってるじゃん……あいたぁ⁉」

余計なことを言ったレスターの脳天に、マディナの杖が素早く直撃した。

レスターは頭を押さえてうずくまった。

「お黙り。客が多くても疲れるだろう」

それを見ていたアイナリアは、少し驚いた表情を浮かべている。

『……今の一振り、あのバッシュって奴より普通に早かったけど……』

「ああ。この人、昔は冒険者だったのかもな」

アイテムの知識もその時に身につけたのかもしれない。

さっき言っていた酒場の料理人というのも、もしやどこかのギルドの酒場だったりするのか。

マディナはそれから、俺の手にしっかりとハイエリクサーを握らせた。

――希少性もあって、このアイテムだけは手持ちが切れていた。ありがたいな。

ただ、やっぱりこれだけもらっていくのは申し訳ないので、少し買い物をしたのだった。


マディナの店を出た後、俺たちは街を散策してから泊まる宿を探していた。

《Infinite World》では街ごとに決まった宿でセーブやアイテムボックスの整理を行ったが、異世界でも《Infinite World》と同じ場所に宿があるのだろうか。

街の西方向に歩いて行けば、やはりここは活気のある都市だと感じる。

午後の昼下がり、子供が元気よく遊んでいたり、主婦らしき女性たちが井戸端会議に花を咲かせ、若い男たちは荷車を引いている。

そんな街の中を進んでいけば、次第に石造りの宿屋が見えてきた。

途中で田舎娘なラナが「泊まる宿なら、あそこに連れ込み宿ってお名前の宿屋さんがありますよ！」とかポンコツ気味なことを言って驚かせてくれたが……ともかく目的の宿に到着だ。

目の前に吊り下がっている看板には風精の加護亭と記されていた。

《Infinite World》同様、冒険者たちの憩いの場のようで、鎧を着込んだ冒険者たちが出入りしていた。

ただしどの冒険者も、《Infinite World》では駆け出し御用達だった店売り装備か、鉱石系の装備で全身を固めていた。

昼間のギルドと同じだ。

——そうか、この世界の事情が分かってきた気がするな。

何はともあれ、今は宿に入ろう。

カウンターに向かうと、見知った顔のNPC、ではなく新緑色の髪を揺らす看板娘がぺこりと頭を下げた。宿屋の娘らしくエプロン姿だ。

愛嬌のある表情から《Infinite World》での人気もそこそこ高かったと記憶している。

「いらっしゃいませー！　ようこそ風精の加護亭へ！　三人ですか？」

「はい。二部屋お願いしたいんですが」

——女の子二人と同室はよろしくないから。

そう思っての言葉だったが、横からアイナリアが『は?』と言った。

しかもトーンが低くて少し怖めだ。

『ちょっと、二部屋って何よ? 外じゃよく一緒に寝てたじゃない。丸くなったあたしの尻尾を枕にしてね。今更別室なんてどういう了見(りょうけん)よ?』

「俺、ゲームだとそんなふうに野宿していたのか」

画面に映るのは基本、プレイヤーが行動している姿のみだ。

画面外でアバターがどんな様子で休んでいるのかなんて、考えもしなかった。

『それに魔力の受け渡しもここ数日はドタバタしていてやってもらっていないわ。別室なんて論外よ』

「魔力の受け渡し……?」

聞き覚えのない言葉だ、アバターが勝手にやっていたのか?

頭を悩ませていると、ラナが声をかけてきた。

「あの、私も同室でいいですよ? 二部屋借りれば高いでしょうし、カケルさんたちに無理を言って連れてきてもらった身ですから。床で寝たって構いません」

「いや、それはまずいだろ。風邪を引くし」

「大丈夫です、田舎娘なので寒さには慣れています！　雨風を凌げれば十分ですから」

胸を張ってなぜかドヤ顔になったラナ。

……異世界での田舎暮らしは想像以上にハードなのかもしれない。

「それにほら、後ろ……」

ラナが背後を指したので振り向けば、受付待ちの冒険者たちが並び始めていた。

このまま話し込んでいても埒が明かないし、アイナリアとラナもこう言っているし仕方がない……。

「……すみません、では一部屋でお願いします。ベッドの数は大丈夫ですか？」

「うーん。大きなベッドが二つある大部屋ならありますよ？　人が二人寝ても余裕があるサイズのベッドが二つなので、ひとまずそちらでよければ」

『カケルとあたしがいつも通り一緒に寝るからそれでいいわ』

――ちょっ、アイナリアめ！

少し待ってくれと言おうとした時には既に、手際のいい看板娘からアイナリアが部屋の鍵を受け取っているところだった。

アイナリアは問題ないかもしれないけれど、相棒とはいえこんな可愛い子と一緒に寝るって、俺は熟睡できるんだろうか……。

そう思いつつ一週間分の金を先払いして（その際ラナが申し訳なさげにしていた）、案内された先は二階の一番奥の部屋だった。

ドアを開けると、予想以上に広い部屋だと感じた。

十五畳は余裕であるだろうか。

《Infinite World》だと手狭な一人部屋だったので、こんな部屋があるのは意外だった。

「明日お父さんに言ってベッドを一つ増やしてもらうので、今日は勘弁してくださいね」

「ありがとうございます、一晩くらいなら大丈夫ですから……多分」

礼を言うと、看板娘は「ごゆっくりー」と一階へ戻ってしまった。

俺はウィンドウを開いて装備を外し、軽くなった体でベッドに座り込んだ。

思いの外柔らかな感触が尻に跳ね返ってきて、この街に着くまでの野宿よりはずっと快適に休めそうだ。

それに快適といえば、この宿には《Infinite World》では風呂もある設定だったか。

野宿続きだったし後で探して必ず入ろう。

そう思っていると、ラナがおずおずと切り出した。

「カケルさん、その、すみません。私の宿代も払っていただいて。後でお返ししますから……」

「気にしないでくれ、これから一緒に冒険する仲間なんだから。明日から依頼に出る予定だし、ちゃんと体を休めてくれよ。それと、アイナリア」

『んっ？　あたし、このもふもふした寝床を調べるのに忙しいんだけど』

ベッドに寝そべって感触を確かめているアイナリアに、俺は尋ねた。

「さっき言っていた魔力の受け渡しってやつ。詳しく教えてほしいんだけど構わないか？」

『あー。あたしの竜騎士様、魔術詠唱以外にもそんな基礎的な知識まで頭から抜けていたのね……。事情が事情だから仕方ないけど』

アイナリアは起き上がって、右腕をまくった。

前腕には揺らめく爆炎を象（かたど）ったような、真紅の紋章が浮かび上がっている。

「こんな紋章があったのか」

『これ、あたしが魔力を込めると浮かび上がるんだけどね。カケルの右腕も近づけてみなさい』

言われたままに右腕を近づけると、俺の腕にもアイナリアと同じ紋章が浮かび上がった。

「思い出した、これって……」

アイナリアをテイムして契約する際、一瞬だけ画面に写り込んだ紋章だ。

『見覚えはあるみたいね。これはあたしとあんたを繋ぐ契約紋よ。これを通してあたしとカケルは繋がって、魔力をもらっているの』

「アイナリアには俺の魔力が必要なのか？」

『当然よ。あたしがカケルとの契約に応じた理由、それは強くなれるからってのが大きいのよ。この契約紋を持った人間から魔力を受け取れば、竜は魔力をより強くできるの。相乗効果ってやつかしら。異なる魔力同士は結びつけるとより強固になっていくのよ』

「魔力にはそんな性質があるのか」

《Infinite World》の設定には、魔力は自然界や生命体に流れるエネルギーとしか記されていなかった。

こんな相乗効果があるなんて知らなかったが、これは《Infinite World》にない異世界特有のものなのだろう。

『それに魔力の受け渡しがないと、あたしもそのうち弱っちゃうのよ。今はカケルの魔力とあたしの魔力と混ぜて、それで生きている状態だから。カケルから魔力を断たれたら最悪衰弱死するわね』

「……今、さらっととんでもないこと言ったな？」

宿に着いた安心感からか眠気が少しだけあったが、それを一気に吹き飛ばされた気分だった。

衰弱死とは、まるで穏便ではない言葉が飛び出したものだ。

「つまりアイナリアは俺と契約した時点で、生殺与奪を半分こっちに委ねてくれている形になったのか。今更だけど、不安じゃなかったのか？」

『そりゃ不安よ。人間は体が弱いし、寿命だって竜よりずっと短いわ。カケルが寿命で死んだら遅かれ早かれあたしだって道連れだしね』

「だったら……！」

思わず立ち上がってしまった。

そもそもどうして、俺との契約を受け入れたのか。

《Infinite World》のシステムでアイナリアをテイムしたから、そもそも契約を断れなかったのか？

　後ろめたさでいっぱいになっていると、アイナリアは『そんな顔しないで』とほんの少しだけ声音を強めた。

『そもそもあたしは、他のどの竜よりも強くなりたかったの。竜は、爆炎竜は力を尊ぶ存在で、爆炎竜に生まれたあたしが力を求めるのは生来の性よ。あたしを倒したカケルは、量はともかく尋常じゃない密度の魔力を宿しているのは分かっていたから。だからあたしはカケルのテイム、契約に応じたのよ。たとえ寿命が縮んだって、自由を少し奪われたって構わない、あんたの魔力をあたしの魔力と混ぜ合わせれば無敵に近い魔力を得られる、最強の存在に大きく近づけるって……そう思っていたのよ』

　今更ながら、ハーデン・ベルーギアの体を穿ったアイナリアのブレスを思い出す。

　爆炎竜のブレスは《Infinite World》のエフェクトでは、大きく広がって広範囲を焼き尽くしにかかるタイプのブレスだった。

　断じて他の竜の体を貫通できる類のものではなかったのだ。

　きっとアイナリアのブレスがあそこまで強力になったのも、俺と契約して魔力を混ぜ合わせたからなのだろう。

……そう、物思いに耽っていると、アイナリアは『ただね』と続けた。

『今は正直、強くなるって理由以外でもカケルと契約してよかったたって思っているのよ。だから契約しない方がよかった、みたいな顔しないでよ』

「……どういうことだ？」

『そのままの意味よ。……笑わないで聞いてほしいんだけどね。まあ、カケルとこうして話せるようになったから、言っちゃうんだけどさ』

アイナリアは枕をひっ掴み、顔を半分埋めるようにした。

『あたしの夢は二つあって。一つは最強になること。これはさっきも言った通りで爆炎竜の性とか本能的なものだから仕方ないのよ。力を尊ぶ種族だから。それとももう一つは……』

『もう一つは？』

顔をさらに赤くしたアイナリアは、ゆっくりと言った。

『……。誰かと一緒に、眠ることだったのよ。心の底からゆっくりとね』

「……」

想像の斜め上を行く言葉に、逆に黙り込んでしまった。

最強になるのと同じくらい、アイナリアはそれを願っていたと？

　前者に比べれば、後者はえらく叶えるのが簡単な願いに思える。

『あ、今簡単だって思ったでしょ。全然違うわよ。……あたしはね、カケルに倒されるまでは誰も寄せ付けなかったし、受け入れやしなかった。縄張りを侵す敵の襲撃に備えるために、安眠できたことなんて一度もなかったわ。……だから心を許せる存在なんて、できる訳なかった。でも……』

　アイナリアは普段の快活な、それこそ真夏の太陽のような笑みとは違った、柔らかな表情を浮かべた。

『カケルと出会って、変わったわ。最初はあんたの魔力をもらえればいい、くらいに思っていたけれど。契約した日の晩、カケルはすぐにあたしの尻尾を枕にして眠り始めたのよ。カケルは無意識的だったみたいだけど……あたしはそれが、実は少し嬉しかったの。契約紋を通してカケルの心は少し読めて、敵意も殺意も一切ないって分かったから。安心して一緒にいられる相手と眠るなんて、初めての経験だったわ』

　アイナリアはどこか懐かしげにそう語る。

「ちなみにアイナリアの親は？　爆炎竜って子育てとか一緒にいたりとか……」

『しないわよ、竜だもの。火口近くに卵を産んで、子供は火山の熱で勝手に孵（かえ）るの。

だから……うん。カケルは初めて、あたしの願いを叶えてくれた存在だったのよ。契約してよかったって言ったのは、そういう訳。だから、だからね』

アイナリアは俺の手をぐっと掴んだ。

細く華奢（きゃしゃ）な手に、確かな熱を感じた。

『カケルにはあたしと契約したことを、後悔してほしくないし、後悔させたくない。あたしは片方の夢を叶えてもらって、もう片方の夢も大きく進めてもらった身だもの。あたしは全く後悔してないわ。だからカケルも……』

いつになく真面目で不安げなアイナリアに、俺は彼女の手を強く握り返した。

澄んだその瞳を、まっすぐに見つめた。

「分かったよ。アイナリアがそう言うなら、もう気にしない。それに約束するよ。アイナリアがそんなに覚悟を決めて、契約にも納得しているなら。俺も相棒であるアイナリアには後悔させないようにする」

『いいの？　そんなの簡単に言っちゃって。あたし、我ながらハードル高めなこと言うけど』

「俺たちが今目指している、一からやり直しで最上位冒険者にまた返り咲こうって目標も結構ハードル高いじゃないか。今更だ」

するとアイナリアは、普段通りの快活な笑みを浮かべた。

大胆不敵な、そんな笑みを。

『うん、それならいいわ。それとあたしの話や気持ちを、諸々理解してくれたなら……一緒に寝ても構わないわね？』

「待て、どうしてそこに飛躍した」

『だって魔力の受け渡しって、しばらく体を密着させてないとできないもの。いつもはカケルがあたしの尻尾を枕にしている間にやっていたけど、人間の体じゃあそうもいかないでしょ？　昨日まではあたしの尻尾、ラナの枕になっていたし』

「だから一緒に寝ようって寸法か……」

放置すればアイナリアが弱ってしまうとなれば、受け入れる他ない。

それにそうだ、ここは異世界だ。

もしかしたら前世と常識が違って、結婚前の男女が一緒に寝るなんて当たり前だったりして……。

「ア、アイナリアさんがカケルさんを堂々と誘っている……!?」

「やっぱ全然当たり前じゃないよな普通は……っ！」

見ればラナが顔を真っ赤にして俯いたままぼやいていた。

『誘っているわよ。一緒に寝ないと魔力がもらえないもの』

「わ、私、やっぱり別のお部屋に……」

「断じて違うっ、そういう意味じゃないぞラナ‼」

ラナの誤解を解くまで、結局深夜までかかった。

……その後、眠気でフラフラしながら風呂に入ったのは言うまでもないだろうか。

第4章
冒険者の初仕事

気がつけば、俺は真っ白な空間に佇(たたず)んでいた。

ここはそうだ、転生前に神様と会った空間だ。

寝ている間に魔力をもらうからと、アイナリアに後ろから抱きつかれ、悶々(もんもん)としながら俺は眠りについたはずなのに。

どうしてこんなところにまたいる？

もしかして、眠っている間に死んだのか？　また事故で？

重たい氷塊を背負わされた気分になっていると、目の前の空間が歪んで、そこから人影が現れた。

「安心しなさい、あなたの体は向こうの世界で生きておりますよ」

「神様……」

目の前に現れた神様は「驚かせてすみませぬな」と小さく会釈した。

「転生してから少し経ちましたがね、あなたがあの世界をどう感じているのか気になった次第です。それであなたの夢を間借りさせていただいた。して、どうかな、あの世界を気に入ってはくれましたかな？」

神様の問いかけに、俺は即答した。

「はい。すぐに仲間ができて、食事も美味しくて、今後の目標も決まって……。死んだように生きていた前世とは、何もかも真逆です」

「ははは、それはそれは。安心しましたわい。その言葉だけで、あなたをあちらへ転生させた甲斐があったというもの。私の方は、今の言葉だけでもう満足ですな……。逆にあなたの方から、聞きたいことはないですかな？　ただ神という立場としては、生者に関与しすぎるのはまずいのでね。この機会に一つだけ、何らかの答えを授けて差し上げようかと」

神様に聞きたい話は、欲を言えば沢山あった。

《Infinite World》と異世界との差はどんなところでどれくらいあるのか？

他に転生者はいるのか？　いないのか？　いないならこれから増えるのか？

俺が倒したラスボスは、やはりこの世界ではまだ存命しているのか？

……けれど今一番聞きたいのは、それらではなかった。

意を決して、聞きたい内容を一つに絞って言葉にした。

「……では、お聞きします。神様、あなたはどうして俺をあの草原へ転生させたのですか？　神様ならハーデン・ベルーギアがあの位置を通過するとご存知だったのでは？　それに近くには兵士に追われているラナがいることだって……」

仮にもボス魔物かつ、アイナリアよりずっと大きな竜が通る地点に転生させられるなんて。

しかも降下した先には兵士が大挙してラナを山狩り中だった。

転生時のチュートリアルにしては少々過激で、あまりにも詰め込みすぎではなかろうか。

神様は髭を揉みながら、ふむ、と顔をしかめた。

「その件については申し訳なく思っております。しかしどうか許してはくれませぬかな。あなたを転生させるにあたり、他の神より妨害もありましてな……。一度あの世に行った魂を神一柱の一存で転生させるのは、神々のルールに抵触しかける部分がありまして。アウトではないにせよ限りなくグレーに近い行為だったもので、転生時の位置に多少修正をかけられてしまったり、ラナ……あの姫君や兵士の進むルートにも介入があった、というのが本当のところですな」

「他の神様に妨害されたって……それ、異世界で生きるにあたってまた他にも仕掛けられたりとかは？」

「ないのでご安心を。流石に私が抗議しに行きました。これ以上は好き勝手をさせないと約束しましょう。……しかし、私自身の願いを言うなら、どうかあのハーデン・ベルーギアという竜を倒してはくれませんかな。あなたがあの、不憫(ふびん)な姫君を救ったように。あの竜も解き放ってやってほしいのですよ」

「ハーデン・ベルーギアを？　解き放つって、またどうして倒すのがそれに繋がるんですか？」

　それと神様がこう言っているのであれば、ハーデン・ベルーギアはやはり生きているのだ。

　アイナリアのブレスを食らい、爆発してもなお存命とは、竜の生命力とは凄まじいものだ。

「あの竜は悲しき定めの存在。今もとある願いのために動き続け、人も魔物も狂ったように襲い続けております。だがその身に抱えた願いは、あの竜のやり方では決して叶うことはない。だからどうか終わらせて、解放してやってはくれませぬかな。

「……あの竜は、今も悪夢に囚われ続けている。過去という悪夢に……」

神様の重々しい口調からは、ただならぬ哀愁を感じた。

ハーデン・ベルーギアは《Infinite World》におけるボスキャラでありながら、他のボス魔物に比べて情報が少ない。

分かっているバックグラウンドは人造の竜であり、ナリントリ皇国で造られ、その首都を滅ぼしたというくらいだ。

だからこそ得体の知れなさを感じるし、一度会敵した奴からは尋常ではない気配も感じたものだが……。

「……分かりました。神様がそこまで仰るなら、俺がハーデン・ベルーギアを仕留めます」

神様には第二の生を授けてくれた恩義がある。

ならば一回くらい、神様の願いを叶えてそれに報いたい。

それに冒険者は魔物を狩るのも仕事の一つだ。

魔物狩りを神様から依頼されて、断る道理もない。

「では頼みますぞ、若き竜騎士よ。あの竜を、どうか……」

神様の声が、姿が、次第に薄れていく。

それはまるで、朝日に溶けていくようで――

＊＊＊

『――ケル、カケル。そろそろ起きなさい。とっくに朝日が昇っているわよ！』

元気のいい声と一緒に、体が左右に揺すられる。

さらに被っていた毛布を少しだけ剝がされ、冷えた空気を浴びて意識が覚醒していく。

「……ああ、アイナリア……」

大きくあくびをしながら小さく目を開くと、既に寝巻きから普段着に着替え終わっているアイナリアの姿があった。

ちなみにアイナリアの服装は、結局渡した和服になっていた。

街に着いてから別の服を買おうとしたのだが、本人曰く『せっかくカケルがくれたんだもの』とのことだった。

ちなみに下着の類は昨日、街の散策中にラナが購入してくれていたようで、そちらの心配は昨日からなくなっていた。

『今日から依頼に行くんでしょ？　早く起きないといい依頼が取られちゃうんじゃない？』

「いいや、魔物討伐系の依頼は間違いなく残っているよ。それも大量に。だからのんびり行っても問題ない」

『……？』

アイナリアはいまいち要領を得ない様子で、首を傾げていた。

俺はそんなアイナリアから視線を外し、さっきの夢、もとい神様との話を思い返す。

――ハーデン・ベルーギアの討伐。それも目標に追加だな。

もしかすればそのうち、どこかのクエストで討伐対象になったりするかもしれない。

それでもこっちから探しに行くつもりで、ハーデン・ベルーギアが潜んでいそうな土地での依頼に向かうのもいいだろう。

そう、思っていたが……うん。

ここ最近は野宿続きだったからか、まだ毛布の柔らかな感触を手放したくない。

「時間的な余裕はあるんだし、もーちょっとゆっくり休んでも……」

剝がされた毛布を被り直すと、今度は勢いよく全部持って行かれた。

下手人は当然、アイナリアだ。

『だから起きなさいっての！　あたしの竜騎士様がそんなんじゃ、あたしの品格にも関わるわっ！』

「わ、分かった分かった……」

アイナリアに叩き起こされた俺は、渋々上体を起こした。

相棒があぁ言うなら仕方がない、起きてやろうか。

……そしてふと、思いついたことがあった。

眠っている間にアイナリアに魔力を供給した訳だが、その減り方はどんなものだろうか。

体が怠(だる)い訳でもないが、体力やスタミナまで奪われていないだろうなと、ウィンドウを開いてみる。

□□□

体力：1000

スタミナ：1000
魔力量：825

□□□

「確か元々は魔力量も1000だったよな。寝ている間に175持って行かれたのか」


けれど体力とスタミナは最大値のままだ。

そこを目視で確認できて安心した。

愛用する《サンダーボルト》は《Infinite World》では一発で150MP消費の魔術だった。

時間経過で魔力は回復するが《Infinite World》と同じペースであれば、一時間あたり25MPずつ回復していく。

——数日に一回、起きた時にこれくらいの魔力消費で済むなら魔力の受け渡しも問題ないな。

もっとも、アイナリアのことを思えば少し無理をしてでも魔力を渡すつもりではあった。

俺はウィンドウを閉じて、自分も出かける準備をしようかと思い至った。

そういえばさっきからラナの声が聞こえないが、まだ眠っているのかとラナのベッドの方へ振り向いてみるが……既にもぬけの殻だった。

トイレでも行ったのだろうかと思っていると、部屋のドアがガチャリと開いた。

「カケルさん、アイナリアさん、おはようございます。朝食をもらってきましたのでいただきませんか？」

「ラナ、気を利かせてくれたのか。ありがとう」

「いえ、これくらい構いませんよ。二人ともちょうど起きたようでよかったです」

ラナがお盆に乗せて持ってきた三つの椀の中身は、一見して、温めた牛乳に小さな餅をいくつか浮かべたようなものだった。

異世界版の雑煮やおしるこ、みたいなものなのだろうか。

本当に牛乳かは分からないが、ミルクの濃く甘い匂いが湯気と一緒に部屋に広がってゆく。

『へえ、美味しそうじゃない！』

「どうぞ。女将さんから、スプーンで召し上がってくださいとのお話でした」

アイナリアと俺に、ラナは椀とスプーンを手渡してくれた。

早速それを口にしようとしたが、横ではラナが片膝をつき、両手を組んでいた。

アイナリアを治癒した時と同じ、祈禱の姿勢だ。

『ラナ、どこか怪我でもしたの？』

「いいえ、これはただのお祈りです。治癒の魔術を扱う際以外にも、一日一回、できれば朝食前に輝きの女神様へ祈りを捧げるのが私の日課でしたから。生前の母にも毎日欠かさずに祈りなさいって言われていたんです。ここ数日はドタバタとしていて、そんな余裕もありませんでしたが……」

ラナはまた静かに祈り始め、それから三十秒ほどそのままでいた。

その姿は修道服などを纏っていなくとも、聖女のようだと思えた。

「……これでよしっ、終わりましたよ。お待たせしてすみません、冷めないうちに食べちゃいましょうか」

「ああ、そうしよう」

俺も一言「いただきます」と言い、椀の中の汁を啜った。

濃厚で甘い匂いと味わいが、体に染み渡っていく。

「……美味しい」

次に餅と思しき白くて丸い物体を口に放り込むと、じゅぅっと染み込んだ汁が口に広がった。

食感はスープに浸したパンに近いが、中に蓄えた汁と餅もどき自体の優しい味が混ざり合って、いつまでも噛んでいたい気分にさせられた。

……異世界の食事というのは、どうしてこう美味いのか。

それとも前世よりも味覚が豊かになったのか。

どちらにせよ、これから先も街や依頼地では美味いものを見つけては、ぜひ味わってやろうと心に誓った。

昼も夜も常に仲間が近くにいて、美味い食事にありつけて……少し危険はあるものの、この生活について、俺は改めて神様に感謝した。

朝食後、俺たちは手早く支度を済ませてアークトゥルスへと顔を出した。

するとやはり、クエストボードには魔物討伐系の依頼が大量に貼り付けられていた。

一方、鉱石の採掘や薬草の採集などの依頼は少なく、ほとんど取り尽くされているようだった。

これにはアイナリアも不思議に感じたのか、こちらに尋ねてきた。

『普通の冒険者って、魔物討伐系の依頼をあまりこなさないものなの？　カケルは魔物討伐ばっかりやっていたから、他の冒険者も普通はそうだと思っていたわ』

「いいや。寧ろクエストボードのこの現状が普通で、当り前と言うべきなんだろうな」

『……どゆこと？　カケル、宿でも魔物討伐系の依頼は間違いなく残っているって言っていたじゃない。説明してもらってもいいかしら？』

俺はアイナリアに、周囲の冒険者を見るよう促した。

『他の冒険者たちがどうかした？』

「ギルドでも宿でも街中でも、ほとんどの冒険者の装備は見ての通り鉱石系素材か、もしくは店売りの鉄や獣皮素材の代物だ。俺も最初は不思議に思っていたけど、なんてことはない。皆、魔物討伐の依頼を受けたがらないんだよ。だから魔物素材の装備を使っている奴がいない」

そう言い切ると、アイナリアは『はぁ？』と素っ頓狂な声を上げた。

『冒険者って、魔物狩りの集団でしょ？　えっ、違うの？』

「俺たちが前にいた場所ではその解釈で間違いない。魔物狩りが一番効率よく金と素材を得られるから。でも、こっちじゃ違うみたいだな」

冷静に考えれば、一度死んだらコンティニューしてやり直せばいいなんて、それはゲームプレイの考えだ。

自分が死ぬ恐れのある魔物狩りなんて、現実なら積極的にやりたい奴なんてほぼいないだろう。

それがたとえ、異世界だとしても。

もしこのギルドの冒険者が魔物と積極的に戦うとすれば、この防壁街ウィンダリスに魔物が侵入してきた時くらいではなかろうか。

周囲の冒険者の装備や雰囲気から、そんな気がしてならない。

「カケルさんは、多くの魔物を狩って生きてきたんですね……。昨日の争いでもカケルさんの腕前は並々ならぬものだと思いましたが、そういうことでしたか」

異世界現地で生まれ育ったラナは、神妙な面持ちでそう言った。

ラナの反応からしても、やはり俺が今語った「魔物狩り」は、この世界では相当危険な行為であるという認識らしかった。

「……ちなみに、昨日宿でアイナリアさんと会話していた際、カケルさんがアイナリアさんを倒したようなお話もありましたが……」

「ああ、でなきゃテイム……もとい契約できないからな」

《Infinite World》では自分で倒した魔物のみテイムできる仕様だったのだ。

ラナは恐々とした表情になった。

「カ、カケルさんってもしや竜よりもお強い……⁉」

『粘り強かったしねー。でも次やったら負けないわよ？』

「……私、とんでもない方々に付いて来てしまったのかも……。生きて帰ってこられるでしょうか………」

ラナはどこか遠い目になってしまった。

「安心してくれ、俺もアイナリアも付いているから。それとほら、これ」

俺はアイテムボックスから予め取り出しておいたとあるアイテムを、ラナに渡した。

「これは、魔法石の一種でしょうか？」

ラナは手渡したアイテムを様々な角度から眺めた。

見た目は青く発光する石ころで、そのうちラナに渡そうと思っていた物だ。

「これは守護玉っていってな。所持していると防御力とか回復能力が上がったりするんだ。お守りだと思って持っておいてくれ。いざって時には役に立つから」

「こんな石にそんな効果が……分かりました。ありがとうございます」

ちなみにたった今ラナに渡したそれは、ただの守護玉ではない。

FからSまでのレアリティの中でも、最上位に位置する守護玉だ。

今では装備の防御力で守りは十分と言えるが、駆け出しの頃は不足していた防御力を補うべく、この守護玉を手にいれるために何度もクエストをマラソンしたものだ……。

自分にとっては少し懐かしい思い出の品だが、ラナなら大切に扱ってくれるだろう。

「さて、それじゃあどの依頼に行くか、そろそろしっかり決めようか」

ハーデン・ベルーギアが潜んでいそうな土地の依頼が望ましいと思っていたが、これでは選びたい放題だ。

《Infinite World》でハーデン・ベルーギアと会敵する場所の一つは、ナフィス高原という場所だった。

プレイヤーがそこにある滝を訪れた時、滝の裏の洞窟(どうくつ)から姿を現してきた。

奴がこの世界でもあそこを寝ぐらにしている可能性はある。

本当に潜んでいるかどうか、依頼のついでに偵察もしておきたい。

……ただしその前に、その旨を二人に伝えるべきだろう。

俺はとある魔物の討伐依頼書を手に取り、アイナリアとラナに見せた。

「この依頼に行きたいんだけど、二人とも構わないか？　位置的にはハーデン・ベルーギアが出そうな場所ではあるんだが」

『ハーデン・ベルーギアって、この前の鉄の竜じゃない。一度退けた相手なのに、どうしてそんなのが潜んでいそうな場所に行きたいのよ？』

「その竜、カケルさんやアイナリアさんと縁のある存在なんですか？」

アイナリアとラナにどう説明したものかと一瞬だけ考えを巡らせたが、この際なので率直に言うことにした。

当然、ギルドにいる他の面々に聞こえないよう声を小さくして。

「前にそいつを倒してほしいって、とある人に言われたんだ。その人に恩がある身だから、願いを叶えたい」

『とある人？　誰よそいつ』

「俺をこっちに送ってくれた人って言えば、アイナリアには伝わるだろ？」

するとアイナリアは『ああ、そーゆーことね』と納得した表情になった。

アイナリアには転生時の話をしてあったので、俺にハーデン・ベルーギアの討伐を依頼してきたのは神様だと、うまく伝わってくれたようだ。

『相手が相手なだけに、そりゃ断れないわね。カケルからは今も嘘の匂いがしないし、この前の話も含めて全部本当なのね。……なら了解よ、またあの鉄くず相手に大暴れしてやろうじゃない！』

アイナリアは犬歯を見せ、鋭く好戦的な笑みを浮かべた。

敵が強ければ燃える、そんなところか。

「ラナも大丈夫か？　今回はいるかどうかの偵察をするくらいのつもりだけど、向こうに気づかれたら戦闘になる」

「もちろん、大丈夫ですよ。危険な竜相手なら回復役は必要でしょうし、全力で支援します。ちょっと怖いですけど……頑張りますっ！」

ラナは両拳を胸元で握って、力強く答えてくれた。

二人もこの様子なら、問題ないだろう。

ラナもいるし回復用アイテムもあるし、即死しなければ恐らくどうにかなる。

俺は手にした依頼書を、カウンターの受付嬢の元へと出しに行った。

＊＊＊

ナフィス高原。豊かな湧き水とそれを糧に伸びる若草が景色を彩（いろど）る、人里離れた高山地帯だ。

山らしく天候は変化しやすく《Infinite World》でも、依頼開始時には晴れていた天候がいつの間にか雨になっていたりした。

雨になると川が増水し、地形にも変化が見られるようになる場所でもある。

そんな天候の影響をよく受けるナフィス高原には、自然の厳しさをものともしない強靱（きょうじん）な魔物が多く生息している。

ギルドの受付嬢も「お気をつけてくださいね」と心配そうな表情で俺たちを送り出してくれた。

その際、歩いて行けば一週間はかかると受付嬢に案内され、食料などをしっかりアイテムショップで買っていくことを勧められたが、俺たちには無縁の問題だったのでやんわり「お気遣い感謝します」と返事をしておいた。

何せ今、俺たちのいる場所とは。

『カケル、ラナ、ナフィス高原が見えてきたわよ！』

「流石アイナリアさん！　こんなに早く着くなんて……！」

アイナリアの背の上で、ラナが感嘆したようにそう言った。

空の中、アイナリアの翼は力強く羽ばたいてゆく。

防壁街ウィンダリスを出た後、人目のない森の奥に入ってからアイナリアに爆炎竜の姿に戻ってもらい、そこから飛び立ったのだ。

竜の翼は風精の如し、と風への信仰が強いウィンダリスの吟遊詩人が《Infinite World》で歌っていたのを思い出す。

確かにこの翼なら、世界を吹き抜ける風のようにどこへでも向かえる。

みるみるうちに緑の山岳が迫り、その一角にアイナリアは着陸した。

「ありがとうアイナリア。昼前に着くなんて思ってもみなかった」

『やろうと思えばもっと速く飛べたけど、今くらいの方が景色も楽しめてちょうどよかったでしょ？　それにカケルたちを守る魔力障壁も、速度を出せばもっと展開しなきゃいけないから。それはそれで魔力を食っちゃうのよね』

「障壁？　アイナリア、いつもそんなのを展開していたのか」

『でなきゃカケルたちが風にやられて、あたしの背から落ちちゃうでしょ？　仮にカケルが大丈夫だとしても、ラナが無事じゃないもの』

言われてみれば、アイナリアの飛行速度の割に体に吹き付けてくる風はやけに穏やかだった。

あれはアイナリアが自分の魔力で、俺たちの周囲に障壁（しょうへき）を作ってくれていたからだったのか。

『さて、これからどうする？　この高原にはカケルと一緒に何度か魔物狩りに来ていたから、地形は粗方頭に入っているわよ』

「ならまずは依頼の討伐対象の魔物を探そう。ハーデン・ベルーギアの捜索（そうさく）はその後でいい」

というのも依頼対象の魔物を探しつつ、生息している魔物の様子も目にしておきたかったからだ。

《Infinite World》ではクエストに現れるボス級魔物は多くても三体から五体くらいだったが、異世界ではそれ以上出るかもしれない。

もしくはそこらに出る小型の魔物の群れが、想像以上である可能性だってある。

後々の捜索を安全に行うためにも、魔物の様子は把握しておきたかった。

『なら一回、上からこの高原をぐるっと飛んでみるわね！』

アイナリアが翼を広げ、再度蒼穹へと舞い上がった。

俺はアイテムボックスから猛禽の双玉という双眼鏡型のアイテムを取り出した。

そのアイテムを使い、アイナリアの背から地表を見下ろせば、小型の魔物の群れが見えた。

肉食の魔物が草食の魔物を襲い、まさに弱肉強食とでも言うべき光景が繰り広げられている。

少し先へ向かえば別の魔物の群れが水場でのんびりと過ごしており、または草原を駆け抜けていたりと、魔物たちが生きる姿はプログラムに縛られていた《Infinite World》以上にのびのびとしていた。

「今のところ大型の魔物の姿はないな。たまたま姿が見えないのか、それとも《Infinite World》の方が大型の魔物が密集しすぎる魔窟状態だったのか？」

生態系的な理由なのか、今のところ大型の魔物は複数体どころか一体も見られない。

あんな大型の魔物たちが四六時中密集していたら、餌の確保も縄張り争いも大変だから、という訳だろう。

「《Infinite World》みたくすぐには見つからないか。それにここ、明らかにゲームでのマップ以上に広いしな……」

『大丈夫よ。あたし、目はいいもの。目標の魔物……ギガントナーガがいたらすぐに分かるわ』

　黒鰐蛇ギガントナーガ、それが今回の討伐対象だった。

　ギガントナーガは七メートルほどの、蛇と鰐を掛け合わせたような魔物だ。

　依頼書によれば、このナフィス高原に近い村が少し前からギガントナーガの襲撃を頻繁に受けるようになったのだとか。

　家畜を襲った後、川を遡上してナフィス高原へとギガントナーガが戻っていくのを、村人の一人が見たらしい。

　今や家畜もほぼ全滅し、次は村人が餌食になるだろうと、ギガントナーガの討伐依頼がアークトゥルスに張り出されたというのが事の顛末だった。

「カケルさん。ご存知かと思いますが、こういう辺境の村が大型の魔物に脅かされ、時に全滅するのはよくある話です。現に私の故郷も、大型の魔物の脅威に晒されていた過去があります。ですから依頼を出した村人たちの不安と恐怖は、痛いほどに分かります。……カケルさん、倒しましょう。倒して、もう大丈夫です、安心してくださいと村へ報告に行きましょう」

後ろに座るラナが、ぎゅっと俺にしがみ付く力を強めた。

それは怯えではなく、覚悟からくる力強さだと、振り向かなくても声だけで分かった。

「そうだな。俺も冒険者の端くれだ、依頼は完遂する」

《Infinite World》ではギガントナーガはEランクとDランクの間ほどの強さの魔物だった。

駆け出しプレイヤーが最初にぶち当たる壁、ラスボスまで倒した俺が恐れるほどの相手ではないが、それはあくまで《Infinite World》での話だ。

――異世界に来て、地上でボス魔物とやりあうのは初めてだな。気を抜かずに行こう。

どんな油断がいかなる結果を招くか分からないのが現実だと、俺は気を引き締めた。

その時、視界の端の水場に、暗緑色の長い尻尾のような影が見えた。

即座に猛禽の双玉を構えて見れば、それは間違いなくギガントナーガの尾で、奴は水場から上がって木々の茂みへと身を隠そうとしている最中らしかった。

「見つけたぞアイナリア。十一時の方向だ！」

『さっさと仕留めるわよ！』

アイナリアは降下し、ギガントトナーガの潜んでいた木々をブレスで焼き払った。

その下からギガントトナーガが飛び出し、慌てて水場に潜ろうとするが、俺はアイナリアの背から飛び降り、そのまま得物を奴の背に突き立てた。

彗星剣メテオニスが流星のような輝きを発し、その光にも攻撃判定が付いているのか、ギガントトナーガの背を軽く焦がした。

『シュウウウウウウ!!』

「うおっと！」

ギガントトナーガが体を大きくくねらせ、こちらを振り落とそうとしてきた。

「カケルさん、援護します！　《風神の剣・我が征く道を・切り拓け》――《ストームカッター》！」

ラナは《ストームカッター》を起動し、アイナリアの背の上からギガントトナーガへと放った。

緑色の風刃はギガントトナーガに届くが、奴の鱗を数枚削ぎ落とした程度に終わった。

「そんな、全然効いてない!?」

『もっと威力は上げられないの？』

「持っている魔力を全開にしました……っ！」

ラナは悔しげではあるが、そもそも《ストームカッター》自体が《Infinite World》でも初期に会得できる魔術なのだ。

威力が低くても仕方ないし、そもそもラナの真価は別にある。

「ラナは魔力を温存して、一応は回復の備えをしてくれ！　俺が攻めるから、アイナリアはこいつが逃げそうになったらブレスで牽制（けんせい）を！」

『いいわよ、今回は譲ってあげる！』

俺は心の中でアイナリアに感謝した。

異世界における対大型魔物戦の経験は、一対一でしっかりと積んでおきたかったからだ。

それに今なら《サンダーボルト》以外の魔術も試すチャンスだ。

「アイナリア！　《サンダーボルト》以外の魔術だと、俺は前に何を使っていたか覚えているか？」

『当然よ。《ウィンド・アクセル》に《剣舞・炎天》でしょ？　他のはあんまり使ってなかったからよく覚えていないけど……また一緒に唱えてあげよっか？』

「合図をしたら《ウィンド・アクセル》から頼む！」

俺がそう言うと、ラナは不思議そうにしていた。

「カケルさん。自分が使っていた魔術の詠唱を忘れちゃったんですか？」

『あー。ちょっと訳ありなのよ。記憶の一部が飛んじゃっているとか思ってくれればいいわ』

アイナリアとラナが上空で話している間、俺はギガントナーガの攻撃を回避し、隙を見て攻めに転じていた。

やはり大型の魔物でも、動きをよく見れば回避は難しくない。

基本的には攻撃動作も《Infinite World》と同じだ。

攻撃の前は距離を取って、その後の隙に一撃ずつ確実に叩き込んで体力を削る。

《Infinite World》には必殺技なんて便利なものはなかった。

武器や魔術で攻撃しながらゆっくり魔物の体力を削り、確実に仕留める、それが冒険者の戦い方だ。

それにもしもアイナリアが攻撃に加われば、互いが作った敵の隙に、手の空いた方が攻撃を叩き込める。

この異世界でも《Infinite World》と同じ立ち回りで問題ない。

それなら、次の検証だ。

「アイナリア！　詠唱を頼む！」

『いくわよ！』

《サンダーボルト》の初詠唱と同じ要領で《ウィンド・アクセル》の詠唱を開始。

「『《大地の息吹よ・我に宿りて・導きを与えよ》――《ウィンド・アクセル》！』」

詠唱と共に足元に緑色の魔法陣が展開され、体が軽くなってゆく。

ギルドでの争いでは人間相手だったので魔術を試そうとは思わなかったが、今の相手は魔物だ。

全力を出しても問題はない。

「ふんっ！」

大地を踏みしめて体を前に押し出せば、先ほどまでとは明らかに体の動き方が違う。

ギガントナーガが尾の一撃を叩き込まんとした時には、こちらは既に奴の側面へと回り込んでいる有様だった。

回避性能を一定時間向上させるのが《ウィンド・アクセル》の効果だが、異世界では通常の動きにも補整がかかるのか。

ただでさえ超人的だったこの身が、今や風のように軽やかだ。

「らぁっ！」

素早くなった体でギガントナーガに接近し、三連撃を叩き込んで奴の前脚の爪をへし折り、そのままバックステップで距離を取る。

真正面から斬り込んでも離脱（りだつ）が容易とは、想像以上の効果だ。

「アイナリア、次を！」

「『《焔神の武技・その舞を以って・打ち砕け》――《剣舞・炎天》！』」

今度は彗星剣に紅の魔法陣が展開され、炎のように揺らめく魔力が剣身に宿った。

《剣舞・炎天》の効果は攻撃力の大幅な強化だ。

今でも十分ギガントナーガに攻撃が通じているが、この魔術を纏った斬撃を叩き込めばどうなるか。

『グ、グウウウウウウウウウウ!!』

彗星剣を構えれば、ギガントナーガは不利を悟ったのか反転して逃げようとした。

けれど俺の相棒がそれを許さない。

『そこっ！』

アイナリアが爆炎をギガントナーガの進行方向に放てば、地面が大きく抉れて爆散する。

それでもなお、爆破の影響で傷つきながらも逃げようとする奴の頭へ、ラナが再度《ストームカッター》を放った。

「ええいっ！」

『グォッ⁉』

さしものギガントナーガも頭に一撃入れられて怯んだのか、脚が止まった。

「逃すかッ！」

俺は《ウィンド・アクセル》で加速したまま、彗星剣を奴の首に叩き込んだ。

ギガントナーガの弱点の一つは首で、なおかつ先ほどよりも《剣舞・炎天》の効果で斬撃の威力は上がっている。

これならばかなりのダメージにはなるだろうと思っていたが……それどころではなかった。

力一杯振った彗星剣は奴の首で止まらず、硬い鱗の抵抗などなかったかのように振り切れた。

即ち《剣舞・炎天》を纏った彗星剣が、奴の首を刎ね飛ばしたのだ。

「一撃で首を落とすなんて……⁉」

ラナはぽかんとしているが、俺も心の中では同じように思っていた。

低級とはいえ、大型の魔物の首を一撃でスパッと落としてしまった。

首を失ったギガントナーガの巨躯は、ドスン！　と倒れて血を垂れ流している。

――《剣舞・炎天》、とんでもない魔術だ……！

《Infinite World》においては演出上は攻撃が少し激しくなったとか、その程度のものだったのに。

もしくは《ウィンド・アクセル》を起動して自身の速度を向上させていたからこそ、斬撃がここまでの威力に昇華したのか。

……ギルドで人間相手に試さなくて本当によかった。

『おお～、相変わらず凄まじい剣の冴えね。これならもうちょっと骨のある依頼を受けた方がよかったんじゃないかしら？』

「今回はお試しだからな。魔物の強さ自体はちょうどよかったと思うぞ」

「ギガントナーガがちょうどいいって、カケルさんはどんな魔境出身なんですか……」

半ば呆れた声音のラナであった。

……さて、魔物を倒した後といえば魔物素材の回収だ。

《Infinite World》では倒した魔物のアイテムは、ランダムで回収できるシステムだった。

「でも異世界じゃ自分で解体しなきゃいけないんだよな……」

そこは《Infinite World》と同じであってほしかった。

全身の素材を回収できる分、ランダム要素を排除できるのは嬉しいけれど。

「こいつの装備も結構前に作ったから素材はあまり必要ないんだけど……まあいい、できるだけもらっていくか」

アイテムボックスから短剣を取り出すと、ラナがずいっと俺の前に出てきた。

「カケルさん。素材の回収作業ですが、私に任せてはいただけませんか？　ほとんどアイナリアさんの背の上だったので私はまだ元気ですし、逆にカケルさんはお疲れでしょう？」

「気持ちは嬉しいけど、こんな大きな魔物なのに一人で大丈夫か？」

「綺麗な牙、爪、鱗をある程度回収するだけなら一人でもどうにかなります。私の故郷も辺境だったので魔物がそれなりに出まして。村の皆で倒した後、頑張って解体して素材を回収していたんです。こう見えても慣れていますから、ご安心を」

「そっか。ラナが経験者ならここは任せるよ」

「はいっ！」

ラナに短刀を渡すと、彼女はすぐにギガントナーガの解体を始めた。

木陰から見守っていると、ラナは短刀に魔力を流し込んでいる。

それで切れ味を向上させたり、時には半透明かつ薄い魔力を刃から伸ばし、刃渡りを大きく伸ばしてみたり。

異世界の現地人なだけあって、魔力の扱いは俺以上かつ手際もいい。

硬い鱗も内側から切ればそうでもないのか、ラナは俺がギガントナーガに付けた斬撃(ざんげき)の跡から刃を入れするりと鱗と皮を剝いでいく。

ラナが作業してくれている間、俺はアイナリアに言った。

「目標も討伐したし、次はハーデン・ベルーギアだな。見当をつけた場所に潜んでいるか、確認しに行きたい」

『忘れていたけど、そっちも目的の一つだったわね。あたしは構わないわ』

アイナリアの承諾を得た後、俺はギガントナーガの素材回収をラナに任せ、アイナリアに乗ってハーデン・ベルーギアが《Infinite World》で現れた滝へと向かった。

ラナには守護玉も持たせているし、少し離れるくらいなら問題ないだろう。

『カケルの言っていた滝ってのは……あれね』

「ああ、ナフィス高原の中央に位置する、この辺りで一番大きな滝だ」

轟々と流れ落ち、霧のような飛沫を上げる大滝は上空から見下ろしていても、圧巻の一言に尽きる。

「アイナリア、匂いとかで探れないか？　滝の裏に洞窟があって、特にそこが怪しいんだ」

『こんなに水の流れが早いと無理ね。匂いだって掻き消えちゃうわよ。……直接降りて見てみるしかないんじゃない？』

「そうなるよな……」

戦闘の後かつ今回は最初から偵察のつもりだったので、できれば上空から気配を探る程度に留めたかった。

洞窟へは滝の裏から侵入はできるが、奴に見つかれば戦闘になるのは必至だ。

「……そうなったらそうなったで、神様からの依頼を早めに達成できると思えばいいか」

ハーデン・ベルーギアの存在を確認しないのなら、そもそもここへ来た意味もない。

覚悟を決めて行ってみるべきだろう。

「アイナリア、俺を降ろしてくれ。それで洞窟の外、滝の際で待機していてくれ」

『いざとなったらどうする？』

「合図をしたら突っ込んできてくれ。洞窟の中で奴を仕留める」

『了解』

アイナリアはゆっくりと、静かに着地し、俺もできるだけ音を立てないようにして背から降りた。

さらにアイテムボックスからスニーキングポーションというアイテムを取り出し、飲み干した。

これは《Infinite World》においては自身の気配を消す、という魔術にも似た不思議な効果を発揮するアイテムだった。

どういう原理か、大型の魔物の横を素通りできるようになる代物でもある。

アイナリアは俺を見て『あっ』と小さく声を出した。

『カケル、姿が半透明になっているわよ』

「半透明？　……おお、本当だ」

これがスニーキングポーションの真の効果か。

《Infinite World》では特に外見に変化などなかった分、新鮮に感じる。

これならハーデン・ベルーギアにも目視で存在を気取(けど)られにくいだろう。

接近すれば匂いで勘づかれる可能性はあるが、その時はその時だ。

「じゃあ、行ってくる」

『気をつけてね』

俺はアイナリアを滝の際に残し、裏側から侵入していく。

《Infinite World》と同じ地形だが、こうして歩いてみればかなり滑りやすい。

足を踏み外して音を立てれば、すぐにでもハーデン・ベルーギアが飛び出してくるのではないか。

もしくは洞窟に入った瞬間、襲いかかってくるのではなかろうか。

……緊張感もあってか、滝の飛沫(ひまつ)の音がさっきより大きく感じられる。

奇襲に備えて彗星剣の柄(つか)に手をかけ、ゆっくりと移動する。

そうして深呼吸の後、意を決して洞窟の中を覗き込み……全身から力が抜けた。

「よかった、家主は不在か……」

ハーデン・ベルーギアは潜んではいなかった。

ただ薄暗く、あまり深くもない空洞が広がっているのみだ。

けれど洞窟内は《Infinite World》と違い、少し奇妙な点があった。

「骨……？」

洞窟の奥には大小様々な骨が重なり合い、小山となっていた。

一瞬、ハーデン・ベルーギアの餌となった魔物のものかと思ったが、すぐに魔物の骨だけではないと悟った。

理由は単純。骨の小山の周囲には折れた剣が、砕けた大楯が、ひび割れた槌が、ひしゃげた鎧が……様々な武装が積まれていたからだ。

「この武装、まさかこの骨……」

考えたくもないが、そこで神様が夢で語っていた言葉を思い出す。

（あの竜は悲しき定めの存在。今もとある願いのために動き続け、人も魔物も狂ったように襲い続けております）

「……そうか。ひとまずここを住処にしているのは間違いなし、か」

ここで倒した魔物を、人々を、貪り食らっていたのだろう。

今はちょうど、狩りに出ている最中か。

ボヤボヤしていれば奴が戻ってくるかもしれないが、とある気づきに俺は屈んだ。

「ここにある装備、全部魔物素材のものか……？」

この世界の冒険者の装備は基本、魔物素材の代物ではない。

それはギルドで下した結論だったが、ここに転がっている装備は全て魔物素材のものだ。

つまるところ、ハーデン・ベルーギアは明確にこの世界の強者のみを狩っている。

魔物の骨にしても太く厚く、小型の雑魚魔物の骨ではないと分かる。

……まさかナフィス高原に大型の魔物がギガントナーガ以外に見当たらなかった理由は、ハーデン・ベルーギアに狩り尽くされたからなのか。

「アイナリアは竜だけど俺たち人間と同じで、知性や心を持っている。ということはハーデン・ベルーギアも狂ったように見えて、俺やアイナリアと言葉を交わさなかっただけで、知性を持っている可能性は高い……？」

現に強い魔物や冒険者を明確に判別して襲いかかり、食っているのだ。

その行為に奴の哲学的な何かを感じるが、だからこそ不気味さがある。

一体どんな哲学がハーデン・ベルーギアを無差別な強者狩りとも言える行為に駆り立てているのか。

アイナリアのように強さを追い求めての武者修行のつもりか、はたまたこの王国にわざわざ来て居座っている以上、他に狙いでもあるのか？

それにこの洞窟の中、高く積まれた骨と装備品は、まるで奴がかき集めた戦利品を飾ってあるようではないか。

もし転生初日に奴に敗れていたら、俺もアイナリアもここの仲間入りをしていたと考えればゾッとする。

「……本当、この前取り逃がしたのはまずかったかもな」

野に生きる獣は腹を満たすため、獲物を狩る。

だが奴はそれだけではなく、目的と害意を持って冒険者たちを狩っている。

その事実とこの場の惨状だけで、通常の大型魔物とは一線を画す脅威と危険度だ。

もう何人の冒険者が敗れ、奴の腹に収まってしまったのか。

奴がこの王国に来てから、まだそこまで日は経っていないのに。

《Infinite World》での中ボスが、まさかこんな手合いとは思ってもみなかった。

……しかも一度会敵したことで、奴は俺たちの力も十分理解しているだろう。

神様に依頼されるまでもなく、向こうからまたリベンジとして襲いかかってくる可能性は十分以上にある。

「奇襲を食らうよりは、やっぱり逆に追いかけて奇襲を食らわせるつもりの方がいいな、こりゃ……」

そこまで考えを巡らせてから、この場に長居しすぎるのはよくないと改めて感じた。

外にはアイナリアを待たせているし、近くにはラナもいる。

ここが奴の住処だと明確化した以上、さっさと離れるに限る。

俺は駆け出して、滝の裏側から外に出た。

スニーキングポーションの効果も切れたのか、こちらに気づいたアイナリアが首を伸ばしてきた。

『カケル。その様子じゃあの鉄くずはいなかったのね』

「いなかったけど、奴が予想以上にやばいのが判明した。強さってよりも嗜好がな」

『……？　あの鉄くずが？』

そう聞いてきたアイナリアに、俺は中の様子を語った。

するとアイナリアも、竜の表情ながら分かりやすく顔をしかめた。

『神様がカケルに討伐依頼を出すなんて、よっぽどの事情があるって思っていたけど……。危険な奴ね、頭が冴えて暴力的なんて。ついでに強者狩り中なら、あたしたちも標的になっているかもか。……ま、そこは望むところだけどね。力を求める竜同士、もう一回白黒はっきりさせるのも面白いわ』

相変わらず好戦的な物言いだが、アイナリアが力を求めるのは生まれ持った性だと言っていたので今更か。

「アイナリア。ハーデン・ベルーギアは形態変化で強くなる竜だ。今が第何形態か分からないけど、最終形態になったらかなり厄介になる。今まではただの魔物だと思って悠長に構えていたけど、今後は……」

『積極的に打って出るのね。いいわよカケル、付き合ってあげる。最近骨のある奴と本気でやり合っていなかったし、暴れ甲斐のある戦場を所望するわ！』

アイナリアは力強くそう言い、こちらの胸元に鼻先を押し付けてきた。

アイナリアに乗ってハーデン・ベルーギアの住処からギガントナーガの討伐地点まで戻ると、ラナは粗方の素材回収を終えていた。

使えそうな牙、爪、鱗などの素材を分け、傷ついたものはそのままにしてあった。

「カケルさん、こちらは片付きました。そちらは収穫ありましたか？」

「ひとまずハーデン・ベルーギアの寝床は、俺が思っていた場所だったよ。今度は張り込んで仕留める」

「そうでしたか……。でも準備をしたり、体を休める以上、今日明日で張り込んで討伐する訳ではないのですよね？」

「まあ、それはな……」

できれば早めに仕留めてしまいたいが、今日の戦闘で魔術を使い、魔力を消費してしまっている。

《ウィンド・アクセル》も《剣舞・炎天》も一回の起動で200MPの消費だ。俺の魔力は一時間あたり25MP回復するが、今は回復しきっていない状態。挑むなら万全の状態で向かいたい。

多分それは、ブレスを放ったアイナリアや魔術を使ったラナも同様だ。

加えてハーデン・ベルーギアがいつ寝床に戻るかも分からないので、張り込むにしても食料品などをしっかり持ち込むなどの準備を整えた上で決行したかった。

「なら今日はこれから、依頼を出していただいた村に報告をしに行きませんか？　ギルドの受付嬢さんも余裕があれば直接依頼完了の報告をお願いします、と言っていましたから」

「依頼完了の報告、か」

そういえば《Infinite World》ではそんな要素は全くなかった。

クエストを一つ終えるごとに村へ報告に向かっていては、プレイヤーから「面倒だ」と思われかねないからだろう。

ゲームでクエストマラソン中に逐一報告へ行っていたなら、俺だって面倒に思う自信がある。

とはいえここは異世界、実際に生きている人々からの依頼なのだから、顔を出して直接報告へ向かうのが筋か。

……それにもしかしたら、村の人たちからハーデン・ベルーギアについて聞けるかもしれない。

「ラナがそう言うなら向かってみようか。位置については……」

「ちゃんと地図をもらってきました。簡易的ですが、大体の場所は分かります」

ラナは懐から紙を取り出した。

見れば受付嬢の手書きのようだが、ラナの言ったように大体の位置は分かった。

『これなら問題ないわね。近くまで行けば、あたしの鼻で住人の匂いを辿れるわ』

「お願いします。では早速……と、その前に。もしカケルさんやアイナリアさんさえよければ、このお肉、依頼を出してくれた村に持って行きませんか？　少し重いですけど……家畜もギガントナーガに襲われたようですし、お肉は貴重品ですから。きっと喜んでくれるかと思います！」

ラナにそう言われて、こいつの肉って美味いのか？　と口から出かかった。

肉食獣の肉は固かったり独特のクセがあるイメージだが、蛇と鰐の合いの子みたいなギガントナーガの肉は大丈夫なのだろうか。

……しかし肉が貴重品なら、食感や味については二の次なのかもしれない。

「ラナ、肉の重さの方は気にしなくていいぞ」

「へっ？」

俺は彗星剣メテオニスで適当にギガントナーガの肉を切断し、アイテムボックスへの収納を試みた。

ウィンドウをタッチして操作し、肉の前にかざせば《ギガントナーガの肉を収納しますか？》と表示が出たので《はい》を押す。

すると肉の塊は目の前から消失し、アイテムボックス内に《ギガントナーガの肉》が現れていた。

《Infinite World》ではこんなアイテムはなかったが、異世界独自のアイテムであってもアイテムボックスには収納できるようだ。

ついでにいかなる原理か、先日取り出して食べたルッカの実などから、飲食物はアイテムボックス内で腐らないと判明している。

……何せあのルッカの実、俺の記憶が正しければ半年以上前に《Infinite World》内の店で纏め買いし、放置していたものなのだから。

ともかく、アイテムボックスは飲食物の保存にはかなり適していた。

「物を消したり出したりできる竜騎士の秘術、本当に便利なものですね……。今度私にも教えていただけませんか？」

「うーん、ラナにはまだちょっと早いかな……？」

適当に誤魔化したが、教えられるものでもない。

多分このアイテムボックスの力を自在に与えられるのは、あの神様くらいなものだろう。

それから俺たちは、地図とアイナリアの鼻を頼りに依頼元の村へと向かった。

＊＊＊

ナフィス高原の麓、エルティィス村。

それが今回依頼を出してきた村の名前だ。

当然ながら《Infinite World》では行った経験がないどころか、表示さえされていなかった場所だ。

一体どんな場所なのだろうかと向かってみれば、村はまず、ぐるりと柵に囲まれていた。

その柵には各所に魔法石が仕込まれており、ラナ曰く魔物除けの効果があり、彼女の故郷にも似たようなものがあったのだとか。

けれどギガントナーガ並みの体躯の魔物にはあまり効果がないそうだ。

『この魔法石、見てるとムズムズするわね……！　体の中の魔力をぎゅーって押さえつけられる感じっ！』

アイナリアは結構嫌がっていた。

ちなみに、今のアイナリアは村へ入るために人間の姿になってもらっている。

それでも嫌がっているので、この魔法石、結構効果があるようだ。

……そういえば防壁街ウィンダリスも高い壁に囲まれていたが、やはりこの世界の人々は基本、魔物の脅威に怯えながら暮らしているのか。

だからこそ魔物を狩ったり、魔物の生息地で各種アイテムを採集して納品する冒険者という職業が成り立っているのだろう。

「村の入り口は……ここか」

もうすっかり日も暮れ、周囲が薄暗くなっていたので、近づくまではどこから村に入れるのかも分からなかった。

村の門には魔物除けの魔法石がこれでもかというほど括り付けられていた。

『こ、ここ通るの嘘でしょ⁉　通った瞬間跳ね上がるわよ‼』

「そんなに言うほど嫌なのか……」

アイナリアを宥めていると、村の奥から青年がこちらにやってきた。

「あんたら、そんなとこで何やってんすか？」

「ええと、私たちは防壁街ウィンダリスのギルド、アークトゥルスからきた冒険者パーティーです。ギガントナーガ討伐の報告に参りました」

「おおっ、冒険者さんか！　それにあの黒鰐蛇も倒してくださったんすか！　これは失礼を。ささ、村に入ってほしいっす」

ラナはこくりと会釈をし、村へと入ってゆく。

俺も一緒に中に入ろうとしたが、後ろからがっしりとアイナリアに腕を掴まれた。

『カ、カケル！　少しでいいから腕を貸しなさいっ！　あの門を潜るまででいいからっ！』

「わ、分かった、分かったからそんなに密着させるな……！」

二の腕がアイナリアの胸に当たって悶々とする。

アイナリアは竜で俺の相棒で、なおかつこの人間の姿は仮の姿なのだ。

……そう思っていても、上目遣いで見つめてきて、こちらの腕を胸元に密着させているアイナリアの姿は破壊力抜群だった。

どうしようもない男の性である。

「さ、さっさと入ろう」

『う、うん……』

このままだとこっちが変に意識してしまいそうだ。

いつになくしおらしくなり、目を瞑るアイナリアを連れ、門を潜ると……。

『ひゃうっ⁉』

本当に小さく跳ね上がった。

やっぱりあの魔法石、相当に嫌だったらしい。

「潜った、もう大丈夫だぞ」

『はぁ……あの門、帰りも潜んなきゃいけないのよね……』

アイナリアはだらりと肩を落としていた。

また、そんなこちらを眺めていた村人とラナは、

「お仲間さんたち、見せつけてくれるっすねー」

「いつもあんな感じですからね」

なんだか温かい視線をこちらに送っていた。

——そんなふうに言ってないで次からラナも手を貸してくれ……！

というかラナの方は俺が悶々としていたのに気づいていただろうに。

……気づいていたよな？

そう聞く間もなく、俺たちは村長の住むという家へ連れて行かれた。

他の家は木々を使った木造の小さな一軒家といった雰囲気だったが、村長の家は切り出した岩も使用しているのか、大きく造りが頑丈そうでもあった。

「村長、冒険者の方々がお見えっす。あの黒鰐蛇を討伐なさったのだとか」

「ほう、それはそれは！　冒険者の方々、よく来てくださったわい」

村長は五十前後くらいに見える男性だった。

温かな火が揺れる暖炉（だんろ）を背に、椅子に座って胡麻塩頭をさすり、朗らかな笑みを

浮かべている。

「初めまして、カケルと言います。こちらは仲間のアイナリアとラナです」

「儂（わし）はドイドと申します。……カケル殿、早速で申し訳ないが、討伐した黒鰐蛇の牙や鱗などはお持ちかな？　儂らとしても、討伐の証として村の面々にそれらを見せて安心させてやりたいのでね」

　言われてみれば、ただ「討伐した」と報告しに来ただけでは本当に討伐できたのかどうか証拠がない。

　今更ながら、回収した魔物の素材には、魔物討伐を証明する役割もあったのだ。

　アイテムボックスに収納していたギガントナーガの牙、爪、鱗などの素材を取り出し、村長たちの前に並べてみせる。

「おお……！　これほどの数の素材、確かに討伐してくださったようで。黒く硬く、それでいてガラスのような質感のこの鱗はまさに黒鰐蛇の鱗で相違ない」

「それと、大きな塊肉が乗りそうな器とかってありますか？」

「へい、少しお待ちを」

　青年がどこかから木箱を持ってくると、俺はアイテムボックスからギガントナーガの肉を取り出してそこに入れた。

「こっちはお土産なのでお好きにどうぞ」

「虚空から肉が、こんなに沢山……！」

青年は目を丸くし、指で突ついて本物かどうかを確かめていた。

そんな青年へと村長が言った。

「村の皆を呼び集めよ。こんなに大量の肉も届けてくださったのだから、今宵は宴だ。村が救われたのを皆で喜びたい」

「へい！　準備をしますんで、冒険者さんたちは少し寛いでいてくだせぇ！」

青年はそう言って木箱を抱え、村長の家を飛び出していった。

俺たちは部屋の椅子に腰掛けるように勧められ、少しすると村長の身内らしき少女がお茶を運んできてくれた。

それから少女は俺を覗き込むように見つめてきた。

「……どうかしたのかい？」

「ううん、ただ冒険者さんが珍しいだけ。ねね、お話を少し聞いていたんだけれど、冒険者さんが黒鰐蛇を倒してくれたんだよね？　他にも色んな魔物を倒しているの？　その鎧や剣も、魔物から作ったの？」

「そうだよ。色々倒してきて、装備もその素材で作ったんだ。冒険者に興味があるのかい？」

「うん！　おっきくなったら私も冒険者になりたいなーって。そのために魔術の練習もしているから！」

少女が銀色の髪を揺らして微笑むと、村長が咳払いをした。

「こら、ルーシー。そんなことを考えるにはまだ早いと言っているだろう。お茶を運んできてくれたのはありがたいが、お前はもう下がっていなさい」

「む〜。お爺ちゃん、またそんなふうに言って。大きくなったら絶対に村を出るもんね！　……冒険者さん、また後でね！」

少女ことルーシーは、手を振って部屋から出て行った。

一方の村長は、小さくため息をついている。

「カケル殿、孫はまだ夢見がちな年頃でして、冒険者に憧れておるのです。あの子は魔物の恐ろしさも、まだよく分かっていない……」

「けれど、冒険者になってはいけない、とは言いませんでしたね」

村長は茶を啜り「そうさな……」と呟く。

「こんな辺境の小村にいたのでは、あの子は何もなし得ない。それは重々承知している故、未来に胸をときめかす若人を強引に押さえつけるような真似はしたくない。

けれど冒険者という職業の危険性も身に染みて分かっているからこそ、その道へ進んでほしくない気持ちもまた然りなのです」

村長は自身の足に視線を落とし、こちらの視線もそれを追うように下へ向かった。

そして、俺たちがここに来た時から村長が椅子に座りっぱなしだったことや、彼が何も言わなくともルーシーがお茶を持ってきてくれた理由がそこにあった。

……魔力灯もない薄暗い部屋だったから今まで気がつかなかったが、村長の片足は義足だったのだ。

『村長さん、その足って……』

「若い頃のやんちゃが原因で。悟られているかと思いますが、儂も昔は冒険者だった。この世界から人を害する魔物を一体でも減らそうと、意気込んでいた頃があった。そうして、その代償(だいしょう)に足を一本持っていかれたのです」

村長はどこか懐かしげに語ってから、こちらを見つめた。

「お三方、あなた方も用心を。若いうちの情熱というものは、衝動と引き換えに冷静さを焼いて育つ。だからこそ儂のようにならぬよう、気をつけなされ」

「ご忠告、心に留めておきます」

「うむうむ。……いやはや、村を救ってくださった恩人に対して説教臭くなってし

まい申し訳ない。老婆心ならぬ老爺心と思って見逃してくだされ。逆にお三方から
お話があれば、何なりと聞きますが」
「お話、ですか」
そろそろ切り出してみようかと、俺はお茶を一口いただいてから話し出した。
「それでは一点お聞きしたいのですが、最近この辺りで怪しい竜を見ませんでした
か？　聞きなれない咆哮とかでもいいんです」
尋ねると、村長は閉口した。
村長は視線を少し泳がせてから、逆に俺に聞き返してきた。
「……カケル殿、本当は奴を追ってこの地に来たのですか？　あの、この世の者な
らざる鉄の怪物を……」
村長の言動に、思わずビンゴだと感じた。
やはりナフィス高原近くの村なだけあって、ハーデン・ベルーギアについて何か
知っている。
「村長、知っていることを教えていただけませんか？　奴は危険な竜で、とある人
の依頼で追っているんです。放置すれば、もしかすればこの村も危険に……」
「……恐らく、なりますまい」

村長は重々しく、自らの義足を押さえながら語り出した。

「奴を見たのは、本当に最近だった。ぱたりとナフィス高原の魔物たちの咆哮が途絶え、大きな魔物も全く見かけないと村の若衆から聞いた。……これでも、元冒険者だった身。儂は武器を携え若衆数人を連れ、高原の様子を見に行きました。そこで奴を、滞空しながらこちらを見下ろす奴を見たのです……。四つの翼と複数の目を持った、あの魔竜を」

「……つまりは、ハーデン・ベルーギアに見つかったんですか？」

それでいて村長たちは無事だった。

にわかには信じがたいと思ったが、直後に奴の巣の光景を思い出し、心のどこかでなるほどな、と納得できた。

「あの時感じた恐怖は片足を失った時に匹敵するものだった。生命体としての格があまりに違いすぎたのです。奴からすれば、儂らは吹けば飛ぶ塵のようなもの。されどあの魔竜は儂らを見逃し、高原の奥へと姿を消しました。それきり姿を見ては……」

奴の巣を見た後だからこそ、村長の話は十分に信用できた。

ハーデン・ベルーギアは強者へと戦いを挑む者。

奴の住処で見た通りにナフィス高原の強力な魔物は、ハーデン・ベルーギアの餌食となったのだろう。

けれど村長たちではこの近辺の小型魔物同様に、ハーデン・ベルーギアの御眼鏡に適わなかったと。

もっと言えば、今回のギガントナーガに関しては、ハーデン・ベルーギアが狙う価値なしと判断して放置していたのかもしれない。

大型ではあるが、所詮EランクとDランクの間ほどの強さと言ってしまえばそうなのだから。

合点がいって、心の中のわだかまりが少し解けた気がした。

「奴について教えていただき、ありがとうございます。でもご安心ください、俺たちが奴を仕留めますから」

「そう言っていただけると心強い。しかし奴は……魔竜は、もう高原からは出て行ってしまっているのでは、とも思うのです」

「……なんですって？」

「若衆の話では昨日今日と、小型の魔物の動きは活発なようで。その前まではあの魔竜が居座っていたからか、小型の魔物の動きがまるで見られなかったのです」

言われてみれば、今日は小型の魔物の群れをアイナリアの背からそれなりに見た。

「……ってことは、住処を変えたのか？」

『強者を求めて戦い続けているなら、この高原の魔物は大体狩り尽くしたって理由で移動したんじゃないの？　今度は別の場所で戦っているとか』

「俺たちとは入れ違いになったのか」

今度はどこへ行ったのか、また当たりをつける必要があると。

ナフィス高原からハーデン・ベルーギアの脅威は去ったと思えば悪い気分ではないが、また振り出しに戻った形になった。

「お三方、奴に挑まれるなら心より気をつけなされ。奴は文字通りの怪物だ。失敗すれば、足の一本ではとても……」

嗜めるように言った村長に、アイナリアは『ふふん』と不敵な笑みを浮かべた。

『その怪物から一本取っているのがあたしたちよ。次に会ったら確実に仕留めてやるわ！』

大きな胸を張るアイナリアに、村長は虚を突かれた表情になった。

「何を馬鹿なと言いたいところだが……ふむ。元冒険者としての勘ですが、不思議とあなた方を見ていると真実だと思わされる……」

「村長、皆さん！　宴の準備ができたっすよ！　……あれっ、取り込み中っすか？」

家に慌ただしく先ほどの青年が入ってきたが、雰囲気を感じ取ってかどこか居心地が悪そうにしている。

また、開いたドアからは香ばしい匂いが漂い、食欲をそそられる。

思えば今日は、ギガントナーガ戦からハーデン・ベルーギアの住処の探索まで一気に行ったので、あまり食事をとれていない。

村長は「構わん」と青年に言った。

「戦いの後、堅苦しい話ばかりで疲れましたでしょうや。今宵は宴を楽しみ、この村でゆるりとお休みください」

「ええ、村長の言う通りっすよ！　今夜は楽しんで行ってください。村にある美味いもの全部出しましたんで！」

笑顔の青年は、俺たちを外へと連れ出した。

そこではもう満天の星々の下、酒盛(さかも)りが始まっていて、村人たちが大きな甕から柄杓で酒を掬(すく)っていた。

俺たちが持ってきた肉も、タレを絡めて焼いているようで、香ばしい匂いの大元はあれのようだった。

他にも見たことのない料理が並び、ラナとアイナリアが今にも飛びつきそうな雰囲気を発している。

……この二人は小柄でスタイルがいいのに、正直びっくりするほどの大食いなのだ。

「カケルさん、今夜はごちそうですね……！」

『今日は一日中飛んでいたからお腹ペコペコよ。さっさと食べちゃいましょ！』

「二人とも、今日はお疲れ様」

俺たちは村人に加わり、勧められるままに酒を飲んだり肉を食べたりし、ルーシーに尋ねられればギガントナーガ戦についてを詳しく語った。

その際、村人たちに次々に感謝され「またいつでもいらしてください！」とも言われた。

——ストレートに感謝をぶつけられるなんて、前世でもそうなかったな。

また、冒険者という職業についても《Infinite World》ではプレイヤーの職業、くらいの認識だったが、実際にはこんなにも感謝される職業なのかと驚かされる。

異世界での新生活で得るものは日々増えていき、俺にとっては全てが新鮮だった。

酔いも手伝ってか、アイナリアやラナ、それに村人たちと前世からは考えられないほどに楽しく騒ぎ合って、今夜は更(ふ)けていった。

＊＊＊

戦い、殺し、喰らい、強くなる。
逞しく、勇ましく、猛々しく、何者をも超越した存在になる。
己は誰よりも強くなければならない、そう望み、望まれたから。
それこそが己を突き動かす哲学であるから。
であるのに……勝てなかった。
真正面から押し負け、無残(むざん)に敗れ去った。
人間に翻弄され、隙を突かれて騎竜からのブレスを受け、地に墜ちた。
その際に受けた肉体的な損傷など、些細(ささい)な問題だ。
体に大穴を穿たれようとも、魔力と肉を補給すればいくらでも再生する。
問題なのは精神的な損傷。
たった一度の敗北なれど、絶対的な力の差に自尊心はズタズタに引き裂かれた。

人間、人間、あの人間。

黒き鋼を纏いし、身軽な死神のようだったあの男。

爆炎竜一体程度ならば、どうにでもなったものを。

必殺の誘導弾を叩き落とされ、いとも容易く胴を裂かれ、自慢の翼も一部を断たれた。

あのまま戦っていれば、恐らくはあの人間に討ち滅ぼされていた。

忌々しいが、あの爆炎竜のブレスによる墜落こそが已を救ったと言っても過言ではない。

矮小な餌と侮っていた存在に、最強でなければならぬと誓った我が身が敗れた。

「あなたは私の英雄。何度でも私を救ってくれた、最強の竜。これからもそうでしょう?」

記憶の奥底に沈めた儚げで柔らかな笑顔が、脳裏にちらついて離れない。

拘束装甲の外れつつある已の前脚には、誓いを立て、主と共有した契約紋が見えていた。

《汝の誇りは我が翼に。我が翼は汝の導に。我ら、命運を共にする者なり》――鋼の竜神に誓いし主との契約。

主の望むまま、最強の鋼の盾として、主を永遠に守護すると。

それを果たすべく、己はまだ滅ぶ訳にはいかない。

必ず果たす。

主の――も、その先の守護も、必ずや。

そのために、己は最強でなくてはならない。

主がそう望み、己もそうであると誓いを立てたのだから。

誇り高き竜種に二言はない。

だからこそ……奴らが邪魔だ。

己と同じく契約紋を持った、漆黒の竜騎士とその騎竜。

このままではいかんのだ。

敗北したままでは、主をこちらへと迎えるなどできぬ。

他ならぬ己が、誓いを立てたこの身がそれを許さぬのだ。

ならばこそ……己は喰らう。

強者と戦い、強者を殺し、強者を喰らい、喰らって、喰らい尽くして、その力を我が身に取り込み糧とする。

矜持も力もない有象無象を喰らったのでは意味がない、所詮は雑味。

己は強き者を討ち続け、その力を取り込み続けるのだ。
その末にあの竜騎士を撃破し、望みを叶える。
そうでなくては、己は己ではいられない。
敗北したままでは、己は己でいられない。
借りを返さなくては、己は己でいられないのだ。
『ウオォ……オオオ………』
目の前には、人間どもの、魔物どもの死骸が山と積み重なっている。
屍山血河ながら、この中には弱者は一人もいなかった。
人間も魔物も、いずれも勇者と名乗るに相応しき猛者どもであった。
だからこそ双方を打ち滅ぼした、我が糧とするために。
己の角に響く素晴らしき魔力、さぞかし甘露であろう。
『オオオオオォォォォォオオオオオオ!!』
また一つ、己の力が磨かれた実感に、月へ、星へ、天へと吠えた。
主よ、ご覧になっておられるか、この勝利と力をあなたに捧ぐ。
そうして己は、仕留めた獲物へと牙を突き立て、咀嚼した。
……バキリと、己を縛っていた拘束装甲がまた一つ、縛めを解いて地に落ちた。

第5章

皇国竜の咆哮

エルティス村での宴から二日後、俺たちはようやくパーティーとして動けるようになっていた。

正確には宴の翌日には防壁街ウィンダリスへ戻り、ギルドで報酬も受け取っていたのだが、次の行動へ移れない事態に陥っていた……というのも。

「や、やっと体調が戻りました……」

「次からは飲みすぎに気をつけるんだぞ？」

ラナが飲みすぎて、二日酔いになっていたからだ。

特に宴の翌日、帰る時には本当に酷かった。

ラナをアイナリアに乗せると二日酔いのせいかフラフラし始め、アイナリアは

『お願いだからあたしの背で戻さないでー⁉』と泣きそうな声を出しつつ飛んでい

た。

しかも酔いが残っていたラナは「カケルさん～。もっとぎゅっとしてくれなきゃ落っこちちゃいますよ～～～」とか言って、なんと真正面に回り込んで抱きついてきた。

……柔らかいやらいい匂いやらで、こっちがやられてしまいそうになったのは内緒だ。

そしてラナの様子に気づいたアイナリアが『ちょっ、あたしの相棒に引っ付きすぎよこの酔っ払い！』と怒り出し、帰りは行きからは想像もつかないほどに騒がしく、混沌（こんとん）としていた。

……ちなみにアイナリアも宴の記憶が飛ぶほど飲んでいたので、実はラナのことをあまり言えなかったりする。

二人とも、細い体のどこに食事と酒があんなに入っていったのだろうか……。

「ううう～っ……昨日までの私を怒りたいです。けちょんけちょんにしたいです。今日だってアイナリアさんに何を言われるか……しかもカケルさんにも色々と粗相（そそう）を……」

真っ赤な顔を押さえ、朝日の差し込む部屋のベッドの上で悶えて転がるラナ。

普段の大人しい姿が嘘のようだったし、こうなるのも仕方がない。

「アイナリアだってもう気にしていないだろうし、問題ないと思うぞ。あの性格なら引きずらないさ」

「……あれっ、そういえばアイナリアさんは？」

「起きてからギルドに行った。依頼を見に行きつつ、気に入った露店で朝食を買ってくるって」

ハーデン・ベルーギアの行方を追うべく、俺たちは依頼も兼ねてまた新しい土地へ行かなければならない。

そこで張り切り出したのがアイナリアだ。

本人曰く『あたしの勘でハーデン・ベルーギアのいる土地の依頼を引き当ててやるわ！　竜の勘はよく当たるわよ！』とのこと。

やる気に満ちていたアイナリアに「くじ引きじゃないんだぞ」と突っ込むのは流石に野暮だったのでやめた。

「そろそろ戻ってくる頃合いじゃないか？　立ち食いしていなければだけど……」

『カケル、ラナ、起きている？　ドア、開けてくれるかしら？』

「おっ、アイナリアおかえり」

ドアを開ければ、両手に串焼きを持っているアイナリアが立っていた。

けれどその表情は、どこか硬く、普段の軽快な雰囲気が鳴りを潜めている。

アイナリアは俺とラナに串焼きを渡し、空いた手で一枚の紙を取り出した。

『カケル。ギルドにこんな依頼が張り出されていたわ』

アイナリアに渡された串焼きを頬張りながら、依頼書を眺める。

……すると、アイナリアの表情が硬かった理由が分かった。

依頼書の内容は端的に表せばこうだ。

――王都フィレンクスのギルドグローリアスからの依頼、竜の討伐。魔物討伐へ向かったA級パーティーが、四つの翼を持った竜に襲われ全滅。討伐対象の魔物も竜に捕食された模様。最近、各地で高位の冒険者が消息を絶っているのもこの竜が原因と思われる。早急に討伐されたし。

「……間違いない。ハーデン・ベルーギアだ」

『でしょうね。こんな事件を引き起こす竜なんて、今のところはあの鉄くずくらいしか思いつかないわ』

自分たちが取り逃がしたばかりに、冒険者たちが次々に襲われている。

ここまで大ごとになってしまえば、罪悪感も湧いてくる。

「アイナリア。ギルドに行ってこの依頼について詳しく聞いてみよう。今は奴の情報がほしい」

『だったらさっさと食べて乗り込むわよ。ラナ、二日酔いはもういいわよね？』

「は、はいっ！　ご迷惑をおかけしました！　粗相した分、ちゃんと働きますっ！」

『よろしいっ！　あんたの治癒、頼りにしているわ』

アイナリアは自分の串焼きを豪快に食べきって、手についたタレを舐めとった。

俺も串焼きを腹に詰め、身支度を整える。

体力、スタミナ、魔力も問題ない。

――神様から出された依頼だからってハーデン・ベルーギアを追っていた部分もあったけど、今は違う。俺が取り逃がした奴が騒ぎを起こしているのなら、責任は俺にもある。

自由な心に従いつつ、線引きとして最低限の仁義は持って生きていく。

己に立てたその誓いを、俺は果たしたい。

「行こう」

俺たちはすぐにアークトゥルスへと向かい、受付嬢のいるいつものカウンターに行った。

そして依頼書を見せ、受付嬢に尋ねる。

「すみません、この依頼について詳しく聞けませんか？」

「この依頼書……ああっ、カケルさんたちが依頼書を持って行っていたんですね！　もう、剝がす予定だったのにどこに行ったのかと探していたんですから。依頼書を無断でギルド外に持ち出すのは禁止ですよ？」

受付嬢は頰を膨らませ、怒りを示していた。

「剝がす予定だった……？　どういうことですか？」

「先ほど、通信魔導器を通じて王都のグローリアスから連絡が入ったんです。件の竜は現在、王都へ向かって進行中とのことで。今から東西南北の四大ギルドに応援を頼んでも間に合わないから、こちらや近辺のギルドを総動員して対処すると……」

「……そうでしたか、ありがとうございます」

俺は依頼書を受付嬢に返し、ギルドから出てアイナリアに聞いた。

「アイナリア。ここから王都までどれくらいで行ける？」

『全速力なら半日ね。それもカケルとラナが背から落ちなければって前提よ。魔力障壁を張るのは頑張るけど、多分吹き付ける風はこの前の比じゃないわ』

「風圧ならアイテムで何とかする。ラナも来てくれるか？　ポーションとかはあるけど、必要に応じて治癒してくれると助かる」

「それは……」

ラナの目が一瞬だけ泳いだ。

それは今から死地に向かうから、ではなく王都へ行くからだろう。

あれだけ嫌っていた実の父親のいる、王都に。

ラナは一度目を閉じ、キッと見開いた。

「行きます。私がここにいられるのは、カケルさんとアイナリアさんが力を貸してくれたからこそ。ここで恩義を裏切るようでは、カケルさんの仲間を名乗れません」

ラナはやっぱり、ほんわかしているように見えて芯が強い。

ここ一番で決して逃げない、一緒に戦ってくれる勇気があった。

「ありがとう、ラナ」


俺たちはウィンダリスを出て近くの森に入り、アイナリアにはそこで爆炎竜の姿に戻ってもらった。

　さらにアイテムボックスから風攻撃の耐久力を上げる防風玉を二つ取り出し、一つはラナに持たせた。

　このアイテムでアイナリアの背で受ける風を無効化しきれるかは謎だが、あったほうがいいのは確実だ。

　俺とラナはアイナリアの背に乗り、一声かけた。

「アイナリア！」

『あの鉄くずをぶっ飛ばすわよ！　今度こそ逃がさないわ‼』

　アイナリアが大きく翼を広げ、一気に上昇してゆく。

　そのまま普段以上に大きく羽ばたけば、目下の景色もいつもより素早く後ろへと流れていく。

『気流を見つけたから、それに乗っていくわ。もっと速度が出るわよ！』

「防風玉のお陰か、意外と風は気にならない！　もっと飛ばして大丈夫だ！」

『言ってくれるわね、あたしの竜騎士様は！』

　アイナリアがさらに加速すると、ラナは「ひゃっ」と後ろからしがみ付く力を強めた。

「ラナ、問題ないか？」

「はいっ、これが防風玉の力……！　カケルさんのアイテムはまるで魔術のようです！」

『その調子なら、二人とも大丈夫みたいね！　可能な限り飛ばすわよっ！』

アイナリアは両翼に魔法陣を展開し、そこから炎を噴射した。

それによってさらに加速していき、みるみるうちにウィンダリスから離れていった。

＊＊＊

王都の威容（いよう）が見えてきたのは、半日どころか正午を少し過ぎたあたりだった。

《Infinite World》でも王都の外観を見る機会は何度もあったが、実際に見てみればウィンダリスより数倍ほども巨大な都市であると分かる。

高い壁に囲まれた点はウィンダリスと同じながら、その壁を越えるほどに巨大な城がそびえている。

王都中央のあの城こそ、ラナの父親が住まう王城か。

「お父さん……」

　思うところがあるのか、ラナは静かにそう口にした。

　こちらの胴へと腕を回すようにして、後ろからしがみついている小さな体が、鎧越しにも分かるほどに震えている。

　俺はラナの手に自分の片手を重ねた。

「大丈夫だ。王都に行ったって、ラナを王様に渡しはしない。必ず一緒にウィンダリスに戻ろう」

「カケルさん……」

　ラナは落ち着いたのか、それきり震えが止まった。

　そしてアイナリアはこちらへと視線を一瞬だけ寄越した。

『二人とも、じきに会敵するわよ』

「了解、なら頃合いだな」

　俺はウィンドウを開き、装備を一括で変更する。

　今纏っている銀河一式は、あくまで冒険者として活躍するための装備だ。

　そしてこれから俺は、竜騎士としてハーデン・ベルーギアを倒しにかかる。

　それならば、今装備すべきは……。

『天元一式。本気になったわね』

「当然だ、それに天元一式には固有スキルとして《竜撃》がデフォルトで備わっている。相性は抜群だ」

装備スキルは魔術と違い、装備を装着していれば勝手に起動してくれる。

そして《竜撃》とは竜種に与えるダメージが増加するスキルである。

もっとも、ダメージ増加系スキルなら竜種以外にも普遍的に効果のあるものが色々と存在しているので、天元一式が前世で微妙扱いされた理由はこの固有スキルしかないのが大きいが……。

しかしながら、相手が竜の今回に限っては話が別だ。

《竜撃》スキルは竜種にしか通用しない代わりに、ダメージ増加率は《Infinite World》でも屈指の高さを誇っていた。

相手が竜であるならば、この装備は真価を発揮できる。

——そういえば俺、《Infinite World》だとテイマーだからって攻撃力に下方修正がかかっていたはずだけど。あの設定って異世界でも共通なのか……?

あの設定が生きているとなれば残念ながら《竜撃》の効果も低下してしまう。

けれど思い出すのは、ギガントナーガの首を刎(は)ねたあの時だ。

魔術で強化済みとはいえ、攻撃力半減のデバフがかかった状態で、大型の魔物の首を落とせるものなのだろうか？

そう考えれば、恐らくだが……。

『……っ、カケル！』

アイナリアの声で意識が現実に戻ってくる。

視線の先では、王都の一角から爆炎と黒煙が吹き出していた。

次いで王都を囲っていた壁の一角が轟音と共に弾けて、崩れ落ちた。

大穴が開いた壁の向こうから、漆黒の翼が覗いている。

「ハーデン・ベルーギア……！　壁で見えなかっただけで、もう王都に入り込んでいたのか！」

やはりグローリアスの敏腕冒険者を狙ってか、他にも猛者がいるのか。

どちらにせよ、このままではナリントリ皇国の首都のように、王都が更地にされるのは時間の問題か。

王都の冒険者が頑張ってくれれば話は別だが、この世界の冒険者たちのレベルや装備は《Infinite World》に比べて壊滅的に低い。

……こうなったら、仕方がない。

「アイナリア、このまま王都に乗り込むぞ！　ハーデン・ベルーギアの注意を引きつけて、そのまま王都から離脱する！」

『先日みたく空中戦に持ち込むのね！』

アイナリアは王都まで一直線に飛んでいき、そのまま壁の中へと入り込んだ。

王都は既に建物が崩され、人々が遺体を踏んで逃げ惑う、阿鼻叫喚（あびきょうかん）の地獄と化していた。

誰かの悲鳴や泣き声が、上空のこちらまで届く。

……人間の居住圏に魔物が入り込めばこうなる、だからこそどの街や村も魔物を中に入れないようにしていたのだ。

「これも異世界の現実、か……」

『カケル、いたわ！』

一際爆炎が上がっている進行方向の先に奴が、四つの翼と六つの瞳を持った、自然にはありえない人造魔導竜の姿があった。

『ウオオオオオオオオオ!!』

低くおぞましい咆哮を張り上げる奴の体には、もうほとんど拘束具が残っていなかった。

全身から鋼の棘が生え揃い、ワイヤーで結ばれていた口の端は大きく裂け、鋼で一本に束ねられていた尾は三本に分割されている。

極め付けには全身が一回り大きくなっており、胸元は大きく脈打ち、赤黒い閃光を放っていた。

「あいつ、完全に最終形態だ……！」

必死にハーデン・ベルーギアを押し止めようとする兵士や冒険者を、奴は前脚の一振りで塵のように弾き飛ばし、口に放り込んだ。

……周囲の騎士や冒険者の、息を飲む音がこちらまで聞こえてくるようだった。

背後のラナも、小さく悲鳴をあげて体を強張らせている。

「ひ、怯むなーっ！　ここで我らが退けば、王都の民は全員、奴の腹に収まってしまうぞ！」

「戦え、逃げずに戦え！　身が砕けても守りきれ!!」

よく見れば応戦している兵士の中には、青い鬣（たてがみ）の一角獣の紋章が装備に刻まれている者もいた。

先日ラナを追いかけ回していた、王家に仕える兵士たちだろうか。

魔術で応戦しているが、放っているのは《フレイム・アロー》や《ロック・ブラスト》など、《Infinite World》では初期に覚えられる魔術ばかりだ。

あんな攻撃では、最終形態の奴の抗魔力障壁を突破できまい。

何せ最もタフで攻撃力が高いのが、ハーデン・ベルーギアの最終形態だ。

しかも攻撃力に関しては等級にして、Sランク以上と目されていた。

Bランクより少し上程度、と言われていた初期形態とはもう別次元の強さを誇り、最終形態に至っては《Infinite World》プレイヤーですら手を焼く存在だったのだ。

「本当にこいつラスボスより前の中ボスか？」とか「調整ミスだろこの火力！」など、某SNSでもプレイヤーの悲鳴が垂れ流しになっていた時期があったものだ。

「……アイナリア！」

『さっさと王都から引き剝がすわよ！』

ハーデン・ベルーギアの上へ覆い被さるように、アイナリアが襲い掛かった。

『ウウウ……オオオオオォォォォォォ!!』

こちらに勘付いたハーデン・ベルーギアが大きく跳ね上がる。

アイナリアはそれに合わせ、右前脚の爪を奴の背に叩き込み、鱗ごと肉を抉った。

血の華が宙に咲き、ハーデン・ベルーギアはお返しと言わんばかりに左翼でアイナリアの胴を打った。

けれどアイナリアは体勢を崩さず立て直し、瓦礫（がれき）の上へと着地した。

巨竜が対峙し、油断なく互いを睨み合う。

「馬鹿な、二体目の竜だと……⁉」

「待て、あの竜と、それを駆る漆黒の竜騎士の背後！　あそこにおられるのは、ラナメシール姫殿下ではありませんか⁉」

「姫殿下が竜騎士を連れ、我等（われら）を救いに来てくださったのか……！」

「伝説の竜騎士が、王都の窮地に舞い降りた！」

周囲の兵士や冒険者たちがあれこれと話しているようだが、ハーデン・ベルーギアの唸り声が混じってよく聞き取れない。

ともかく兵士や冒険者が俺たちを敵だと勘違いしていないなら、今はそれだけでよかった。

「ハーデン・ベルーギア！　お前の相手は俺たちだッ‼」

『ググググ……』

ハーデン・ベルーギアがくぐもった声を上げた。

それは深淵（しんえん）から吹く風のように、黒く、重く、ざらついた響きを帯びていたが、

——笑っている、のか？

なぜだろう、俺にはそう思えた。

『へぇ、会いたかったのはそっちも一緒だったみたいね。ならここで、雌雄を決するまで！』

アイナリアとハーデン・ベルーギアは同時に互いへ飛びかかった。

ハーデン・ベルーギアの大樹のような剛腕が振りかざされるが、アイナリアは首を捻ってそれを回避。

すれ違いざま、反転して尾の一撃を奴に叩き込む。

……その時、奴の前脚に、見覚えのあるものを視認した。

「契約紋……！」

間違いなくそれは、形は少し違えども俺とアイナリアにもある契約紋だった。

となれば奴にも相棒の竜騎士がいるのか？

姿を隠しているのか……それとも。

「王国に来た時点で、相棒がもういなかったのか？」

『……多分それ、当たっているわ』

アイナリアは体を低く構えたまま、続ける。

『あいつから変な魔力を感じると思ったら、契約紋があったのね。前は装甲に隠れて見えなかったけど……うん。あいつ、しばらく相棒から魔力の供給を受けていない。あいつ自身の魔力が体の大半を占めているわ』

「つまり、あいつはじきに死ぬのか？」

契約紋で契約した竜は力が大幅に向上する代わりに、相棒である人間からの魔力供給が絶たれると衰弱死する。

それはアイナリアから聞いた話だ。

「その割に、あいつまだ元気そうだけどな」

『ええ。まだ死なないはずよ。……体の中から微量な、でも色んな人間や魔物の魔力を感じる。相棒から魔力を供給してもらえない代わりに、捕食という形でそれを補ってきたようね』

「……！　そうか、だからあいつは強い魔物や冒険者ばかりを……！」

奴はただ単に、武者修行として強者を狙っていた訳ではなかったのだ。

この世界に来たばかりの時、俺は《Infinite World》のプレイヤーは全員が冒険者であり、彼らは冒険に必要な体力、スタミナを保持し、魔術を扱える者を指す……と公式設定にあったのを思い出していた。

そう、冒険者は皆、魔術を扱える者、即ち魔力を体内に保持する者だ。

当然ながら等級の高い冒険者になるほど、魔力量は増え、扱える魔術の幅も広がる。

……ハーデン・ベルーギアの狙いは、その魔力だったのだ。

倒した人間を食っていたのも、体内に不足した「人間の魔力」を補うため。

相棒から得られる魔力の代わりとするためだったのだ。

『契約紋で結ばれた相棒を失っても、こんなふうに存命可能だなんてね。あたしも初めて知ったしびっくりよ。でもだからこそ……胸糞悪いわね』

アイナリアは唸り声交じりに、ハーデン・ベルーギアに問いを叩きつけた。

『そこの魔竜！　あんた、相棒と契約した時点で覚悟はできていなかった訳？　相棒を失ったが最後、自分も散る定めだと。……あんたが相棒を寿命でなくしたのか、守りきれなかったのかは分からない。でもね。そうやっていじましく命を食らって現世にしがみついている姿を見ると苛立つわね。気高き竜種に、あんたみたいな……自分の定めを受け入れる覚悟もないまま、力を求めて契約した愚か者がいるだなんて!!』

『……マレ』

「何？」

一瞬、ハーデン・ベルーギアの口が動いた。
そう思いきや、奴はガバリと大口を開いた。
『ダアアアアアマァァァァァレエエエエエエエ‼』
濁った咆哮に混じって、ハーデン・ベルーギアは確かな人語を発した。
やはりこいつには、明確な知性がある。
同じ竜のアイナリアに詰られ、よほど腹に据えかねたのか。
ハーデン・ベルーギアは三本の尾を槍のように伸ばし、こちらへ放ってきた。
『くぅっ！』
たまらず空中へ退避したアイナリアへ、ハーデン・ベルーギアも翼を広げて迫りくる。
アイナリアは奴に背を向け、一目散に王都の外を目指す。
『食いついた、このまま飛んでいくわよ！』
「なあ、アイナリア。さっきの言葉ってわざと怒らせようと言ったのか？」
『そんな訳ないじゃない。本音よ本音。あたし、計算尽くであいうの言えないから』
「だよなぁ……」

奴を引きつけたのはいいが、完全におかんむりだ。

迫力が先ほどまでとは段違いになっている。

「あわわわわ……っ！」

ラナに至ってはもう涙目だ。

「アイナリアさん、逃げてください！　今は全速力で逃げてくださいっ！」

『ちょっ、ラナうるさいわよ！　もう全力よ全力！』

『ウオオオオオオオオオオ!!』

王都から出た辺りで、ハーデン・ベルーギアが体の側面から魔力式誘導弾を十発ほど放ってきた。

同時、奴は上昇して雲の中に身を潜めた。

「この前より動きが洗練されている……！」

『しかもあんな巨躯であたし並みに素早い！　反則じゃないの!?』

――だから最終形態はプレイヤーから嫌われていたんだ……！

内心でハーデン・ベルーギアへの悪態をつきながら、口では詠唱を開始する。

「《雷帝の戦槍・神速となりて・打ち払え》――《サンダーボルト》!!」

魔法陣が展開され、拡散する稲妻が放たれ魔力式誘導弾を撃墜する。

　上空で爆ぜた魔力式誘導弾、しかしそのせいで視界が遮られた。

『これがあいつの狙いか、どっからくるのよ！』

「なら吹き飛ばします！《風神の剣・我が征く道を・切り拓け》――《ストームカッター》！」

　ラナの放った緑の風刃が、黒い爆炎を吹き散らしていく。

　直後、ハーデン・ベルーギアが前脚を振りかざして迫っていた。

「速い……！」

　怒っているからか、《Infinite World》とは段違いの加速力だ。

『きゃっ……！』

　アイナリアは躱しきれずにわき腹へハーデン・ベルーギアの一撃をもらい、地表へと降下していく。

　俺はラナを抱え、落下しないよう支えた。

「大丈夫か、アイナリア！」

『どうにかね……！』

　翼から爆炎を吹き出してバランスを取り、アイナリアはゆっくりと着陸した。

　背から飛び降りて右わき腹を見れば、爪で抉（えぐ）られたのか傷が深く、出血も少なくない。

　体が頑丈な分、今すぐにどうこうなるものではないと思うが……。

「……ラナ、アイナリアを治癒できるか？」

「可能です。でもこんなに大きくて深い傷、時間もかかりますし、治せばもう魔力が切れてしまいます。カケルさんを援護するのは……」

「気にするな。こっちはこっちでどうにかするさ。それとこれ、ハイポーションだ。アイナリアに飲ませてくれ」

　体力回復アイテムのハイポーションを五本ほどポーチから出してラナに手渡した時、上空からハーデン・ベルーギアが降下してきた。

『ラナ、こっちは構わずカケルを援護なさい！　あの化け物、動きがこの前とは段違いじゃない……！』

「アイナリア、大丈夫だ。……何度も戦ってきた相手だからな」

「何度も……？」

　ラナが不思議そうにするのも無理はない。

　だってそれは、あくまで《Infinite World》の中では、という条件付きだからだ。

　こうして実際に戦えばどうなるか分からないし、頑丈なアイナリアの鱗を貫いてダメージを与えるほどの手合いだ。

《Infinite World》でも最終形態のハーデン・ベルーギアは一撃でこっちの体力を半分持っていく。

二発食らえばほぼ終わり、ゲームと違って死んだらコンティニューはできない。

それが恐ろしくないと言えば嘘になる。

死の気配を強く感じて、気を抜けば体が震えそうだ。

……それでも退けない、絶対に退かない。

だって俺の後ろには仲間が、この世界でできた、かけがえのない存在がいるから。

――これ以上、お前にアイナリアは傷つけさせない。ラナだってやらせはしない。

「さあ、かかってこいよ皇国竜。ケリをつけてやるぞ、今この場で！」

己を奮い立たせ、愛剣である天元之銀剣の柄を握りしめ、引き抜く。

するとハーデン・ベルーギアがまたあのくぐもった声で呻き、笑った。

『己トテ同ジダ。貴様ヲココデ下シ、己ハ誇リヲ取リ戻ス。……己ヲ罵ッタ貴様ノ相棒ノ前デ、貴様ヲ咀嚼シテクレル！』

ようやくまともに語ったハーデン・ベルーギア。

口調からしてもしかしたら、前に斬られたのを今も根に持っているのかもしれない。

「そうか。やれるもんなら……やってみろッ！」

『ウオオオオオオオオオオ‼』

皇国竜ハーデン・ベルーギアとの一騎打ちが始まった。

奴の飛び掛かりに対し、こちらも詠唱を開始する。

「《大地の息吹よ・我に宿りて・導きを与えよ》――《ウィンド・アクセル》！」

風の力で体を加速し、攻撃範囲から離脱する。

されどギガントナーガのように、ハーデン・ベルーギアは甘くない。

今度は三本の尾を伸ばし、それを自在に伸縮させて襲ってきた。

先端部は鋼に覆われ、鈍い輝きを放っている。

まともに食らえばこちらの鎧すら貫通しかねないと勘で悟った。

「チッ！」

一本は屈んで回避し、二本目と三本目は剣で弾き上げた。

《Infinite World》で培ったプレイヤースキルは、この異世界ではそのまま肉体の動きに反映されている。

カウンターの要領なら奴の尻尾程度、弾くのは難しくない。

――ここだ！

尻尾攻撃の後、隙の見えたハーデン・ベルーギアへと突っ込む。

やはり今の攻撃の後は隙ができる、《Infinite World》と同じだ。

この隙に一気に削るべく、さらに魔術詠唱を重ねた。

「《焔神の武技・その舞を以って・打ち砕け》――《剣舞・炎天》！」

魔法陣を展開し、天元之銀剣に揺らめく炎のような魔力を纏わせた。

ハーデン・ベルーギアの展開する抗魔力障壁は《サンダーボルト》のような、中距離から遠距離系魔術の性能を大幅に低下させてくる。

アイナリアの本気のブレスなら話は別なようだが、あんな破壊力の魔術は俺には撃てない。

ただし武器を強化する魔術については、攻撃方法が武器そのものだからか、魔術性能は低下こそするがあくまで若干程度だ。

つまりはギガントナーガを仕留めた《ウィンド・アクセル》と《剣舞・炎天》の組み合わせによる高速の斬撃は、十分通用するはずだ。

「ぶった斬れろッ！」

『ウオオッ!!』

大きく振りかぶるが、ハーデン・ベルーギアは先ほど俺が屈んで避けた尾の一本を引き戻し、盾とした。

——相手の動きで狙いが逸れるなんて、対魔物戦じゃよくある話だ。このまま斬る！

せめてダメージになれと力任せに振れば、天元之銀剣の剣身が漆黒の稲妻を散らして尾の一本に入り、そのまま切断して斬り飛ばした。

『ウオオオオォォォォォォォォ⁉』

ハーデン・ベルーギアが怯んでたたらを踏む。

流石は《竜撃》スキル持ちの装備、奴の強靭な尾も一撃とは。

また、今の一撃で明確に分かったことがあった。

アイナリアの背の上でも、半ば考えかけていた話だ。

「今の俺は、やっぱり攻撃力に下方修正が入っていないのか……！」

攻撃力半減の縛りがあるまま、最終形態のハーデン・ベルーギアの尾を一撃で叩き斬れるとは思えない。

攻撃力半減の縛りは、あくまで《Infinite World》内でのバランス調整用だったのか。

もしくは《Infinite World》でのエンドコンテンツであるテイマーという職業が存在しないこの世界では、攻撃力や防御力の半減という縛りもそもそもないのかもしれない。

真実がどうであれ、この異世界ではテイマーがフルパワーになるのは間違いない。

——ってなると、本当は武器も選びたい放題じゃないのか？

今更ながらとんでもない点に気がついてしまった。

これが本当なら、今後はアイナリアに騎乗しつつ、魔導銃みたいな遠距離攻撃武器で狙撃し放題ではないか。

……タフなハーデン・ベルーギアはダメージの入りやすい剣で削るのがセオリーなので、今はやらないが。

『ウウウ……オオオオオオ!!』

尾を一本失ったハーデン・ベルーギアは怒り任せの咆哮を上げ、再度、魔力式誘導弾を放ってきた。

出が早い高ダメージな攻撃ながら、当たらなければ意味がない。

「ふんっ！」

《ウィンド・アクセル》で回避能力を上げたまま回避行動をとれば、魔力式誘導弾は紙一重で後ろへとすっ飛んで爆ぜていく。

十分に目視できているので回避も難しくない、これも魔術効果の一端だろうか。

「カケルさんが、攻撃をすり抜けた……！」

ラナが歓声を上げるが、《Infinite World》だと確かに回避する際はすり抜けるようにも見えなくもなかった。

回避する瞬間は動きが速すぎて、プレイヤーでさえ何が起こっているのかよく目視できていなかったのだ。

しかしながら、それでも回避タイミングを勘で合わせてこそのプレイヤーだ。

『グルゥ……!?』

ハーデン・ベルーギアも魔力式誘導弾を躱して迫るこちらを見て、顔を引きつらせていた。

——おいおい。俺が一体、《Infinite World》で何度回避の練習をして、どれだけ吹っ飛ばされてきたと思っているんだ。今更こんな攻撃、食らってたまるか！

「残念だったな、俺を捉えるには悪手だったぞ！」

接近したまま、奴の顎を下から斬り上げ、そのまま一回転しながらの横薙ぎコンボに繋げ、振り下ろしまでを叩き込んだ。

今もまだ《ウィンド・アクセル》と《剣舞・炎天》の効果は十分に持続中だ。

血を吹き上げるハーデン・ベルーギアには相当のダメージが入ったはず。

『グルァァ！』

「おっと！」

ハーデン・ベルーギアの反撃の気配を感じ、一旦距離を取って奴の攻撃範囲から退く。

基本中の基本、ヒットアンドウェイ。

これさえ守って無理攻めしなければ、大きな一撃を食らうこともない。

大きな一撃を食らわなければ起き攻めもなく、そのままゲームオーバーもない。

「基本に忠実、無理はしない。対魔物戦の基本だな」

『グウゥ……オオオオオオ！』

さっきから一発もこっちに入っていないことに耐えかねたのか、ハーデン・ベルーギアが突進してくる。

突進攻撃は大柄な奴を相手するにあたって注意すべき攻撃だが、その分隙も大きい。

剣を構え、独特の緩急を付けながら奴の頭を弾き上げる。

『グゥッ……!?』

パリィと呼ばれる防御アクションだ。

構えてから弱点にタイミングよく攻撃を入れれば、相手を怯ませられる。

また、怯んだ隙は攻撃のチャンスだ。

接近し、ハーデン・ベルーギアの胴や前脚へと斬撃を叩き込んで爪の一部を切断し、立て直される前に退避しにかかる。

その際、こちらに追随してきた奴に対し、今度は腹の直下へと素早く潜り込んだ。

そのまま尻尾の方へと抜けつつ、剣を振るって腹側へと斬撃を叩き込み、飛び込みつつ前転する形で奴の直下から脱出した。

《ウィンド・アクセル》の移動速度向上効果を、最大限に発揮した立ち回りだ。

『ウウウオオォ……バカナ……』

ハーデン・ベルーギアは自身の体を眺め、傷口を忌々しげに見つめる。

逆にこちらは体力的には無傷だが、問題は魔力の残量だった。

――このまま続けていれば押し込める……けど、倒せるかは微妙な線だ。

感覚的に《ウィンド・アクセル》と《剣舞・炎天》の効果が薄れてきているのが分かる。

《サンダーボルト》で150MP、《ウィンド・アクセル》と《剣舞・炎天》でそれぞれ200MPの消費。

残り魔力は450MPと自動回復分の少しだ。

多分、今の攻撃のみでは奴の体力の三割程度しか削れていない。

攻撃ペースを早めるか、ハイエリクサーで体力、スタミナ、魔力の全てを回復する手段もある。

……しかし、あれは一本しかない切り札だ。

ここぞというところまでは温存しておきたい。

――いよいよとなれば、途中からは魔術の恩恵(おんけい)なしでやり合うのか。

あんな化け物相手に素の身体能力だけでやり合うとなれば、向こうの攻撃モーションを全て分かって先読みできたとしても、いずれは身体能力の差で圧倒されかねない。

こちらが奴を圧倒できている理由は、あくまでも魔術による強化の恩恵があってこそだ。

思考しつつも油断を見せないよう構えていると、ハーデン・ベルーギアが突如として上空に飛び上がった。

だが逃げたとは思わなかった。

奴の瞳はまだ、強い闘志と継戦の意を示している。

……ならばどうして、なんて疑問はすぐ霧散した。

ただ単に奴は、自身の本領を発揮できる舞台へ躍り出ただけと気がついたからだ。

『竜騎士！　遊ビハ終ワリナリ！』

ハーデン・ベルーギアが口腔に魔法陣を展開し、紫電を纏ったブレスを充填し始めた。

「あいつ、地面ごと吹っ飛ばすつもりか！」

『カケル！』

声がしたので振り向けば、ラナを背に乗せたアイナリアが駆けてきていた。

『ラナのお陰でもう大丈夫、飛べるわ！』

「頼むぞ！」

背に飛び乗れば、アイナリアは一気に飛翔した。

直後、ハーデン・ベルーギアのブレスが地面に炸裂し、さっきまで俺が立っていた辺りに巨大なクレーターが生じていた。

「間一髪か……！」

『あいつ、地上じゃ勝ち目がないと悟って飛んだわね。もう簡単に近づけやしないわよ』

《Infinite World》では飛びながらブレスを放つモーションはあったが、ずっと飛び続けている訳ではなかった。

メタ的ながら、そうなったら近接系の武器を持っているプレイヤーに勝ち目がなくなるからだ。

だがここは異世界、ゲームのようなシステムに縛られていない奴は、自由自在に飛び続けている。

『グオォッ！』

ハーデン・ベルーギアが放った複数のブレスを、アイナリアは縦横無尽に回避していく。

バレルロールのような軌道を描きながら、時に急降下して奴に狙いを絞らせない。

『あいつ、こんなバカスカとブレスを撃ってよく魔力切れにならないわね！　魔物や冒険者を大勢食ったから、魔力には余裕があるのかしら……？』

アイナリアも反撃に転じようとしているが、それが可能な隙がまるでない。

以前よりずっと素早くなったハーデン・ベルーギアの動きに対応するのが精一杯

で、しかも俺が剣で斬りかかれる間合いでもない。

……こうなったら、仕方がない。

「こっちも武器を変更して応戦だ。アイナリア、もう少し保たせてくれ！」

『早めにお願い！』

アイナリアの回避が続いているうちに、ウィンドウを開いて武器を変更しにかかる。

テイマーは長剣、槍、弓しか《Infinite World》では扱えなかった都合上、防具はともかく高レアリティの武器に関してはその三種しかほぼ作成していなかった。

けれど例外としてラスボス周回用にと、俺は魔導銃と呼ばれる種類の高レアリティ武器を一つだけ持っていた。

武器を選択し、変更を確定する。

すると天元之銀剣が消え、代わりに現れたのは銀河竜メテオニー・ドランの魔導銃。

彗星砲M－DRN。

あの神様を含めた運営の遊び心ゆえか、その外見は異世界に似つかわしくない近未来的なレールガン風だ。

彗星剣メテオニスと同じくスキルは皆無だが、それを差っ引いても一発あたりの攻撃力が非常に高く、これで仲間と一緒にラスボスを叩き伏せたのはいい思い出だ。俗に言うガチ装備の一つである。

「やっぱりこの世界だと、テイマーとか関係なく武器を装備できるみたいだな。さあ、第二ラウンド突入だッ！」

《Infinite World》と同様、彗星砲M－DRNを装備した途端に現れた専用ポーチから弾丸を取り出し、本体に装填。

このあたりはアバターの肉体に染み付いた動作なのだろう、滞りなく行えた。

「アイナリア。捕まらない程度に近づいてくれ！　こっちも撃つぞ！」

『珍しい武器ね、それ。ま……攻撃できるならなんでもいいわ！』

アイナリアは細かくブレスを放ちながら、ハーデン・ベルーギアを牽制する。

そのままアイナリアが接近した隙に、俺は狙いを定めてトリガーを引いた。

シュオン！　という独特の音や稲妻のエフェクトが散り、輝ける弾丸が次々にハーデン・ベルーギアに到達する。

特に翼を狙ってやれば、奴は飛行能力を減じたのか高度がみるみるうちに下がってゆく。

流石はガチ装備、遠距離攻撃に耐性のあるハーデン・ベルーギアにも、斬撃ほどでないにせよ十分通用している。

『効いてる、効いてるじゃないカケル！　どうして今までそんな便利な物出さなかったのよ！』

「色々と訳ありなのと、基本的には剣の方があいつには効くからだ！」

……ついでに余談ながら、彗星砲Ｍ－ＤＲＮに装塡できる弾丸の生成には貴重なアイテムを大量に消費する。

そっちが異世界で調達可能なのか不明な以上、今後も使いどころを見極める必要がある。

「このまま奴を地上に落とす！　アイナリア！」

『カケルが翼を狙ったお陰で動きがトロいわ！　大技いくわよ！』

アイナリアは口を開き、そこに幾何学模様が走った魔法陣を展開する。

そこまでは普段のブレスと変わらない。

だがアイナリアは、そこからもう一枚魔法陣を展開し、二枚の魔法陣をそれぞれ逆方向に回転させていく。

『《焰の竜神・炎竜の父祖・その力を我に授けよ・魔を焼き祓う・爆炎の帳をここ

に》——！』

アイナリアの詠唱に応じて、空気が、空が、地が揺れていくのが分かる。

口元の輝きが、まるでもう一つの太陽のように膨れあがってゆく。

《Infinite World》で戦ったボスとしての爆炎竜に、こんな大技はなかった。

となればこれは、俺と契約して力を高めたアイナリアのオリジナル技になるのか。

「——《真・焔竜咆哮》!!」

詠唱を終えた瞬間、アイナリアのブレスが真っ赤な隕石のように、ハーデン・ベルーギアに放たれた。

目下のハーデン・ベルーギアは逃げ果せようとするが、俺がそれを許さない。

「逃すか！」

彗星砲M－DRNを構え、翼を狙い続ける。

また、時間経過で魔力が少し回復したのか、背後のラナも魔法陣を展開した。

「《風神の剣・我が征く道を・切り拓け》——《ストームカッター》！　私もお助けします！」

意図を汲み取ってか《ストームカッター》を俺が狙う右翼へと放ってくれた。

『グゥッ……貴様ラァァァァッ!!』

バランスを崩したハーデン・ベルーギアへと、アイナリアの大技が炸裂する。

途端……音が音として捉えきれないほどの、爆音が生じた。

光、熱、力、それらが桁違いなほどに世界に解放されていく。

天が裂け、地が割れたかのような衝撃に、俺もラナもアイナリアにしがみつくので精一杯だった。

それから光が消失し、爆炎と黒煙だけが視界に映る。

「やったん、ですか……？」

ラナが恐る恐るといった面持ちで、直下に視線を向ける。

真下にはハーデン・ベルーギアがブレスで作ったクレーターが可愛いと思えるほど、巨大な大穴が生じていた。

地形が変わる、とはこういうのを指すのだろう。

当のアイナリアは息を荒くしながらも、はつらつとした声を出した。

『間違いなく直撃したわ。これで戦闘不能になっていなかったら、正真正銘の化け物ね』

滞空するアイナリアの背の上、俺は武装を彗星砲M－DRNから天元之銀剣に戻した。

——仕留めたか、それともまだ息があるか？

そのままじっと地表を凝視していると、その一角が弾けて岩と砂が飛び散った。

『まさか……!?』

『ウ、オ、オオオオ……オ………………！』

皇国竜ハーデン・ベルーギアだ。

唸り声は弱々しくなり、四枚あった翼のうち前側の右翼が吹き飛び、全身は焦げて各所の鱗も剝がれ落ちている。

それでもなお、奴は見上げてくる。

こちらを視界に入れて、継戦の意を示している。

「……っ！」

俺はアイナリアの背を蹴って、間髪入れずにハーデン・ベルーギア目掛けて飛び降りた。

最後の意地か、奴が繰り出した噛みつきをパリィし、天元之銀剣を振るった。

今なら奴の首を斬って落とせる。

効果時間の切れた《剣舞・炎天》を即座に再起動すれば、ほぼ間違いなく。

俺は魔術を起動するべく、息を吸い込んだ……刹那。

『ウオオオ……オオオオオオオオオオオオオオ!!』

俺を見つめるハーデン・ベルーギアが、かつてないほどに大きな咆哮を張り上げた。

＊＊＊

……己は、最初から己自身が特別だと確信していた。

この世の絶対者たる竜種として生を受け、生まれ落ちたその瞬間から、この世界で生きるにあたり最も重要なものを持っていたからだ。

——力。他者をねじ伏せ、喰らうための力。

弱肉強食のこの世界で、それ以上に大切なものなどあるのだろうか。

いいや……ない。

存在しない。

己は他の弱者と違い、親兄弟の顔など知らずに育とうとも、たった一体で生きてゆける。

強者とは、頂点とは、常に孤高であるものだ。

だから己は、己の生と存在そのものについて満足していた。

……満足、していたのだ。

「あなたは誰ですか？　ここは、どこですか？」

『己は己だ。そして、ここは己の住処である』

ある雨の降りしきる日、己は縄張りの中で珍妙なものを見つけた。

人間が馬で引かせる……馬車、という乗り物であろうか。

それが地滑りで崖から落ちたようで、馬も、それを御していた者も、潰れて死んでいた。

ただ唯一、半壊した馬車から這い出た人間の女のみ、まだ息があった。

けれどそいつは目をやられていたようだ。

だからこちらの姿が見えず、恐れ知らずにも己に問いを投げかけてきたのだ。

己は何者か、などと。

己は気高き竜種、名など必要ない。

だが女はそれで満足したのか、小さく微笑んで言った。

「では己さん。私はマリーと言います。ここは寒いわ、もしよければあなたのお家に連れて行ってくれないかしら？」

竜は家など持たぬ。

強いて言うなら、この辺り一帯の縄張りが我が家同然である。

されど己は、我ながら珍しいことに、この女を寝ぐらとしている洞窟へと導いてやった。

前日の狩りで腹が満たされていたためか？

こうして他者に話しかけられた経験などなく、この女に興味を持ったからか？

今となっては分からぬが、ともかく己は女を洞窟に導いたのだ。

……女の纏う香水、とやらの匂いが不快ですぐに後悔したものだが。

しかし女は口が達者で、己の持て余した暇をそこそこ埋めてくれたものだった。

私の従者は気がよくて皆笑顔が素敵だとか、姉は美味しいお菓子を焼くのが上手いだとか、庭園の花園が自慢だとか、花言葉の意味だとか……己の知らぬ光景や景色を昼夜問わずに語っていた。

「私の目はもう何も映さないけれど、私を助けてくれたあなたの瞳は違うでしょう？　あなたにも、あの花園を見せてあげたいわ。蝶が舞って、とっても華やかなんだから」

『……ふむ、女よ。ではお前自身はその花園とやらをもう一度見たくはないのか？』

「それは……だって。私の目はもう……」

『見たくは、ないのか？』

己は女に問いかけた。

女は小さく頷いたので、己は治癒の力で目を治してやることにした。

理由？　そんなもの、気まぐれに決まっていよう。

ついでに女の香水の匂いもいい加減、嫌になっていたからな。

己の姿を見れば、この女も他の小動物同様に一目散に逃げ出し洞窟から出て行くだろうと、そう思っていたのだ。

だが……。

「見える、目が見えます！　世界も、あなたもしっかり見えるわ！　……本当に……本当に、ありがとう……」

『……』

あろうことか、女は抱きついてきたのだ。

己は突き放してやろうかとも思ったが、なぜか体の動きが悪かったので、ひとまずそのままにしてやった。

それから……それから。

己は女を背に乗せ、故郷へと帰してやった。

何、言葉巧みに己の暇を埋めてくれた礼のつもりだった。

永(なが)き時を舞う竜にとって暇の埋め方は大切なのだと、女と会話するうちに理解した。

あの行為はその、ほんの礼のつもりだった……。

「あなたもここで、一緒に暮らしませんか？　あんな洞窟で一人なんて、寂しいもの」

愚か者め。

世界の絶対者である竜種が、己が、寂しさなどと感じる訳もない。

そんな感情は幼少期に感じる錯覚である、既に克服した。

……が、しかし。

女の……マリーや従者の持ってくる肉が美味かったので、俺はついマリーの暮らす宮殿に長居してしまった。

そうして気がつけば、居着いてしまったのだ。

暇さえあれば己の元へ駆け寄ってきて、あれこれと笑顔で語るマリー。

己のような聞き下手に語って、何が面白いのか。

とはいえ肉と住処、それに暇潰しの会話の礼は果たさねばならぬ。

マリーはナリントリ皇国の姫君だったようで、よく分からん不埒者共に何度も命を狙われていたので、己はそれを適当にあしらった。

毒針が飛びそうになれば尾で防ぎ、毒入りの茶は鼻で嗅ぎ取って放り捨て、遠くにいる際は魔術で身を守ってやった。

もしくはあの馬車の滑落（かつらく）さえ、よからぬ陰謀であったのかもしれぬ。

また、救ってやる度に、マリーは己に抱きついてきたものだった。

「ありがとう、またあなたに救われました」

「いつもいつも、あなたがいてくれるから、私は安心できるの」

「あなたは私の英雄。何度でも私を救ってくれた、最強の竜。これからもそうでしょう？」

……この頃にはマリーの香水も、嫌だと感じなくなっていた。

まあ、慣れというものか。

そもそも竜種たる者が、匂い程度に屈してどうする。

兎にも角にも、マリーが死ぬまで続くと思われたこの生活は……意外にも、己の死で幕引きとなった。

それはまた、雨の降りしきる日だった。

『他の竜が来る、お前は外に出るな』

「そんな、どこへ……！」

己は宮殿を抜け、久方振りに空へと躍り出た。

そこで待ち構えていたのは、かつて己の縄張りを荒らし、打ち負かしてやった竜だった。

奴は己への復讐心に燃え、今にもナリントリ皇国の首都を焼き尽くさんとする勢いであった。

己は既に、新たな縄張りをこの地と定めていた。

縄張りを荒らす者には、容赦なき鉄槌を。

なぜなら己は、誉れ高き竜種であるからだ。

そうして己は縄張り荒らしの竜と戦い、共倒れとなり死にかけた。

雨に打たれる己に、泣き顔のマリーが駆けつけてきた。

以前とは逆の立場に、自嘲の笑みが溢れた。

まさか己が、縄張りとはいえ人間を守護して死ぬ日がくるとは。

かつての己なら、人間ごと巻き込んだブレスで奴を撃破し、勝利できたであろうに。

焼きが回ったか。

『己の体は死後、好きにせよ。竜の体は人間にとって宝と聞く。自身を守る鎧にでもするのだな』

「そんなことできませんっ！　私は諦めない。必ずあなたを救います、どうか私と契約を！」

マリーが言う契約とは、契約紋を利用してのものだった。

人間と契約した物好きな竜は、圧倒的な力を得ると聞く。

己が生来持つ、マリーの目も治した治癒の力も向上するだろう、それがこいつの狙いなのだろうが……いいや、この傷では助かるまい。

されどこれも気まぐれだ。最後の最後に物好きになってみるのも悪くはない。

『《汝の運命は我が翼に。我が翼は汝の導に。我ら、命運を共にする者なり》

顔も知らぬ我が父祖、されど我が誇りたる鋼の竜神に誓いし契約。

これで曲がりなりにも、最後の最後で、矮小なるマリーを主と認めてしまった訳だが……ふむ。

あれだけ達者な口の主なら、今後も己が暇を持て余す心配もあるまい。

この鋼の身がたとえ朽ちようとも、お前の、主の永遠の盾になると誓おう。

──だから……そう、泣くな……。

ずっと守ってやると、そう心より誓ってやれるほどに……孤独だった己の生に、いつの間にかあまりに多くを与えてくれたのがお前だったのだ。

……死の間際にようやく、ようやく己はそれを悟った。

己は最初から他者を必要としないほどに強く、特別であったが故に。

誰もが持っている、どこにでもありふれている身近な誰かとの絆とやらを、己はマリーと出会うまでは手にできていなかったのだ。

──あなたは私の英雄。何度でも私を救ってくれた、最強の竜。これからもそうでしょう？

あの時は黙っていたが、己は心のどこかで、お前にこう言ってやりたかったのだ。

──何を今更、当然であろう。

……。

………。

…………それから、どれほどの月日が経ったのだろうか。

それはやはり、雨の降りしきる日だった。

死の眠りから己が目覚めた時には、縄張りと定め、一度は守護した首都は廃墟と化していた。

他ならぬ己がこれを成したのだと、全身に付着した血糊がそれを示していた。

雨水に映った己の肉体は、翼は四枚に増え、瞳は六つとなり、全身を鎧に覆われ異形とも言うべき何かになっていた。

なぜ、どうして、何が起こった。

それを知るべく己は竜の力を用いて、生き残った人間の心を覗いた。

そうして、ようやく全てを知った。

己の亡骸（なきがら）は利用され、人造の魔導竜とやらになったこと。

己の死を悼（いた）み、復活させるつもりでその計画を進めていたマリーは、己に皇国竜ハーデン・ベルーギアの名を授け、契約紋で制御するつもりだったが……己の復活寸前、隙を突かれて暗殺されたこと。

マリーを暗殺した一派が己を制御しようとしたが失敗して暴走し、己は奴らを首都ごと血祭りにあげ、今更になって目を覚ましたこと。

……何ともまあ、陳腐な末路か……。

肉体は魔力と鋼によって修復されたにも拘わらず、魂が眠っている間に主と定めた者をむざむざ暗殺されるとは。

こうして目覚めたのに……もう二度と、あの笑顔と会うことは叶わぬとは。

『ウオォ……オオオオオオ!!』

人間による肉体修復の影響か、喋りにくくなった喉で咆哮を上げる。

己がこの世で唯一気を許し、契約者として認めてやった者はもういない。

そうして己は契約者から魔力を得られず、二度目の死を待つのみ。

……否、まだ手はある。

魂とは魔力の集まり、高度に圧縮すれば蘇生も叶うのではないのか。

この身、現状の己のようにだ。

加えて契約紋の魔力不足も、人間から魔力を奪い取れば主を蘇生するまでは保つだろう。

ならば何を嘆き、諦める必要があるのか。

魔力を得て、主を蘇生し、またあの笑顔と出会い、そして、そして、そして……。

『コノ花園ニ、マタ連レテキテヤロウ』

洞窟でマリーが散々口にし、度々己を連れてきた、自慢の花園。

己が心なく暴れた首都にて、どうしてかそこだけは無事に残っていた。

＊＊＊

漆黒の竜騎士が、己の首に剣を振るおうとする。

兜の隙間から、覚悟を乗せた鋭い瞳が己を射抜く。

皇国の民から魔力を啜ってはマリーも悲しむであろうと、己は隣国の強者を襲い続けた。

……これは、報いなのか？

安らかに眠っているのであろう主を、血生臭い手段を以って、再びこの世へ呼び戻そうとした。

無辜の者たちを犠牲にしてでも、あの笑顔にもう一度会おうとした。

恐らくはマリーが望まぬ方法で、彼女を生き返らせようとした。

その報いを、己は受けつつあるのか。

――あなたは私の英雄。何度でも私を救ってくれた、最強の竜。これからもそうでしょう？

ああ、己は最強の竜として、お前の盾になりたかった。

せめてお前が生き返った後、誰も彼もを犠牲に踏みにじったこの身であっても、お前が望んだ通りの最強でありたかった。

最強の盾として、あらゆる敵からお前を守れる者でありたかった。

でなければ己は、己を許せず、お前をあの世から迎えられぬのだ。

以前、死の間際になってようやく理解したが、己には力とお前以外、他に何もなかったのだから。

だが……敵わず、叶わないのか。

『そのままいきなさい、カケル！　あんたならやれるわ!!』

上空から、竜騎士の騎竜が声を張り上げる。

その、主になら全てを託せると信じ切った声を聞き、澄んだ瞳を見た瞬間……腹の中に渦巻いたのは、深く重く濃く暗い怨嗟の念だった。

——そこの魔竜！　あんた、相棒と契約した時点で覚悟はできていなかった訳？　相棒を失ったが最後、自分も散る定めだと。……あんたが相棒を寿命でなくしたのか、守りきれなかったのかは分からない。でもね。そうやっていじましく命を食らって現世にしがみついている姿を見ると苛立つわね。気高き竜種に、あんたみたいな……自分の定めを受け入れる覚悟もないまま、力を求めて契約した愚か者がいるだなんて‼

先ほどの奴の言葉が、頭に、体に、心に染み付き、毒のように回って暴れる。

……煩い、黙れ。

貴様の言葉など百も承知なのだ。

己の行いは、かつて己が何より誉れと感じていた竜種としての誇りを踏みにじる行為に他ならないと。

されど己はこの世に舞い戻ってしまった、全てをかなぐり捨ててでも主を、マリーを取り戻したいと願ってしまったのだ。

その邪魔をするのならば。

まだ何も、主を失っていないお前が、己を分かったように語るならば……！

『消エヨ、竜騎士！　貴様ヲ殺シ、我ガ無念ヲ！　貴様ノ相棒ニモ与エテヤロウ‼』

＊＊＊

「どうした、こいつ、いきなり……！」

瞳に、強い意志が灯った。

先ほどまでも、まだ戦う気配は残っていたが、今はただそれだけじゃない。

戦ったその先、打ち勝ち、食らい尽くす……そういった気概が奴の中で息を吹き返しつつある。

勘が告げている、今すぐにこいつから離れろと。

『オオオオオオオオオオオオオオオ‼』

全身を使った渾身の突進。

空中では回避しきれず、もろにそれを受けてしまった。

「ぐっ、がぁ……ぁっ⁉」

意識が飛びかけ、一瞬遅れて全身を鈍痛が襲う。しかも確実にパリィした後だ、完全

——冗談だろ、まだまともに動けるのか！　しかも確実にパリィした後だ、完全に怯んでいたのに⁉

鎧越しにこの威力。

体力半分どころか、間違いなく致命傷一歩手前だ。

車に撥ねられて意識があれば、こんな感覚なのだろうか。

……まずい、このまま追撃をもらえばそれで終わりだ。

宙に浮かび上がって動けないでいると、上空からアイナリアが飛んできた。

『カケルーッ！』

俺を咥え、アイナリアが上空へと向かう。

『カケル、大丈夫⁉　意識はある？　体の状態は⁉』

「カケルさん、何か言ってくださいカケルさん！」

よほど致命的に見える突進の食らい方をしたのだろう。

二人とも、凄まじい剣幕で心配してくれていた。

「だ、大丈夫だ、まだ生きてる。だからそんなに心配するな……」

俺は震える手を動かし、ポーチからハイエリクサー入りの小瓶を取り出す。

今の衝撃でも割れないなんて、本当に頑丈な小瓶で助かった。

「うっ……ぷはぁっ！」

アイナリアに咥えられたまま、ハイエリクサーを一気に呷った。

途端、体中が修復され、魔力も元に戻っていくのを実感できた。

全身の感覚が鮮明になっていき、力が腹の底から溢れてくる。

——危なかった、マディナのハイエリクサーのお陰で命拾いした。

これならまだ、戦える。

『カケル、あんたはあたしの背に戻りなさい。後はあたしがやるわ。向こうもあんなにボロボロなんだから、ブレスを後数発叩き込めば……！』

『オオオオオオオオオオオオオオオ!!』

ハーデン・ベルーギアが吠えた。

見れば奴の体から、これまでにないほど濃い緑色の抗魔力障壁が展開されていた。

『この……！　悪あがきをっ！』

アイナリアは爆炎のブレスを放つが、抗魔力障壁にかき消されてしまった。

しかもアイナリア自身、さっきの大技でよほど無理をしたのか、息がまだかなり荒い。

飛んでいるのもやっとではないのか。

「アイナリア、降ろしてくれ。俺が仕留めるよ。アイナリアもラナも魔力切れで、もう無理はさせられない。何より俺の剣なら、魔術とスキル込みで奴を仕留め切れる」

『でも……！』

「……頼む、信じろ」

それから俺とアイナリアはしばらくの間、ただ無言で見つめ合い、先に口を開いたのはアイナリアだった。

『……ちゃんと勝って、戻ってきなさいよ。でないと絶対に許さないから』

「約束する。勝って戻るよ。目標の最上位冒険者に戻るのだって、まだ達成していない」

アイナリアは小さく首肯し、俺をそっと地面に降ろしてくれた。

また、ラナもこちらを見つめてきた。

「お気をつけて。私、全然お役に立てませんでしたが……」

「何をそんな。アイナリアを治して、魔術での援護もしてくれたじゃないか。ありがとう、後は俺の役目だ」

俺はハーデン・ベルーギアへと向き直る。

体中から血と魔力を垂れ流し、翼は一枚千切れ、脚を引きずり、奴も荒い息をしている。

なのに抗魔力障壁は《Infinite World》でも見たことのないほどに強力だ。

奴の姿が掻き消えんばかりの出力、近接攻撃以外はほぼ通るまい。

となれば、奴も望んでいるのだろう。

俺との一騎打ち、その終わりを。

「ハーデン・ベルーギア。ケリをつけたいのは俺も同じだ。お前が何を望んでこの王国に来て、俺たちや他の冒険者を襲っていたのかは分からない。でも……どんな大義があろうと、俺だってここで負けられない」

『ウウゥ、オオオォォ……！』

「……そうだな。終われないのはお互い様か。それなら……やろうか。最後の、最期まで！」

俺は天元之銀剣を構えて、詠唱を開始。

「《大地の息吹よ・我に宿りて・導きを与えよ》――《ウィンド・アクセル》!!

《焔神の武技・その舞を以って・打ち砕け》――《剣舞・炎天》!!　最後の勝負だ、

ながら衝突。
「ウオオアアアアアアアアアアアアア!!」
互いに地を駆け、俺の天元之銀剣と奴の折れかけの前脚が、漆黒の稲妻を散らし
ながら衝突。
こちらの足元に大きくヒビを入れるほどの膂力、真正面からでは押し負ける。
俺は「ならば」と衝撃をくるりと受け流した。
勢いのまま奴の懐に飛び込み、二重の魔術による高速の斬撃を叩き込む。
前脚の付け根へ、首元へ、胸部へ、速度にものを言わせて連撃を入れ続ける。
濃い抗魔力障壁のせいで、魔術の効果も先ほどより半減している気がする。
……だとしても、それがどうした。
こちらはもう後がないが、奴の体力だって残り僅かだ。
意地でもここで削りきってやる！
『グオオオオオオオオ!!』
ハーデン・ベルーギアも最後の意地か、口を大きく開き、直下の俺へと迫ってき
た。
あれに噛みつかれれば、間違いなく即死。だがもう回避を行う余裕はない。

「……っ！」

迷っている暇もない、ここが分水嶺。

――乾坤一擲！

俺は愛剣を容赦なく奴の口腔に叩き込み、鈍い感触を突き破って刺し貫いた。

『オオオオオオオオオオオオオ⁉』

さしものハーデン・ベルーギアも大きく仰け反り、頭を真上に向けて吠えた。

こちらも武器から手を離さざるを得ない状況まで追い込まれたが、奴の動きが止まり、怯んで抗魔力障壁が消失したこの一瞬を、俺は見逃さなかった。

回避を考えずに超至近距離まで接近し、奴の赤黒く発行する胸元へと拳を叩き込む。

鎧越しの拳は奴の鱗を陥没させ、拳が胸部に半ばめり込む形となった。

設定上、ここが奴の心臓部にして動力源、つまりは急所だ。

裏設定によればハーデン・ベルーギアは、竜の死体を開いて心臓と魔道具を融合させ、誕生した魔物なのだとか。

だとすれば契約紋が刻まれていたこいつも、元はアイナリアのような普通の竜だったのかもしれない。

気高く蒼穹を舞い、心を許せる相棒を守る存在だったのかもしれない。

けれどもし仮に……かつてはそうだったとしても、今は。

――俺にだって、守りたい相棒がいる！

全身の魔力をハーデン・ベルーギアの胸部に叩き込んだ右腕に集約し、想いを込めたありったけの声で詠唱、否、咆哮した。

「《雷帝の戦槍・神速となりて・打ち払え》――《サンダァァァァァボルトォォォォォォッ》‼」

右腕に輝ける魔法陣が出現し、幾何学模様を描きながら、ハーデン・ベルーギアへとゼロ距離から撃滅（げきめつ）の閃光を放った。

爆発の如き衝撃、激音。

特大の稲妻が抗魔力障壁を失った奴の全身を駆け抜け、貫通し、拡散してゆく。

……その時、奴の命に一番近い場所がひときわ大きく脈打ったのを、右腕を通して感じ取った。

「……」

無言で見上げれば、そこには……空を見つめたまま佇む、ハーデン・ベルーギアの姿があった。

俺の剣が突き刺さった痛みに悶(もだ)えて空を見上げたままではなく、奴は明確に、己が飛んできた方角を見つめていた。

見える山の位置からして、向こうにはちょうど、ナリントリ皇国があったはず。

故郷に会いたい誰かが、もしかすればこいつの相棒が待っているのだろうか。

だが、皇国竜ハーデン・ベルーギアはそれきり、二度と動くことはなかった。

ただ静かに、彫像のようになって、そのまま鼓動を止めていた。

＊＊＊

己は……敗れた、のか。

何を成すこともなく、あの竜騎士に敗れた。

望み、望まれた、最強でいることもなく。

主の笑顔をまた見ることも、叶わなかった。

……しかし、ここはどこであろうか。

白い、どこまでも白い空間だ。

殺風景なのに、どこか懐かしいような、不思議と安堵(あんど)してしまう。

その中に、いつの間にか禿頭の老人が佇んでいた。

どこか柔らかな笑みを浮かべる老人は、重く心地よい、不思議な声を発した。

「あなたの所業は分かっての通り、あなたの主も望まなかったものです。けれど他でもないあなた自身がそれを望んだのだから、この結末もきっと必定だったのでしょう」

ああ、何者かは知らぬがその通りだ。

この結末は必定。

悔いがないと言えば嘘になるが、己は何百回、何千回と生をやり直したところで同じようにして、敗れ去るのだろう。

所詮は叶わぬ願い、であったか。

「けれど、そんなあなたにどうしても会いたがっている人がいます。もしよければ、今からその方に会ってはいただけませぬか？」

会いたがっている人？

気高き竜の誇りすら貶めた己のような外道に、このような場所で？

もう誰にも、主にさえ、合わせる顔など持ち合わせてはおらんのだがな……。

かつての己なら何も感じなかったであろうに。

色々なものを主の達者な口から語り聞かされ、受け取った今では、そうもいかん。

「ふふっ、その口調は相変わらずですね。そこについては、出会った頃からずーっと一緒」

聞き覚えのある声、何を捨ててでももう一度聞きたかった声が、己に届いた気がした。

まさか、そんな、まさか……。

「お久しぶりです。迎えに来ましたよ、私の英雄。誰が知っていなくとも、私は全てを知っている。よくぞ頑張りましたね。……もう、よいのです。あなたはもう、よいのですよ」

……。

……そうか、そうだったのか。

向こうの世界へ連れ戻さずとも。

ここで、ずっと己を待っていてくれたのだな……。

それならば、その笑顔にまた出会えた今ならば……。

己の竜生において、最後にして唯一の二言である。

「ええ、お聞きします、私の英雄」

うむ。

最後にここへ辿り着き、お前に会えたのだから。

……己が生涯に、悔いなどあろうはずもなかったのだ。

エピローグ
それは、彼の英雄譚

温かな重みを感じながら、ゆっくりと意識が覚醒していく。

薄く目を開ければ、目の前には人間の姿のアイナリアの寝顔があった。

ハーデン・ベルーギアとの戦闘後、魔力切れになったからと、昨夜は俺から魔力を吸っていたのだ。

「宿の主人にベッドを増やしてもらったのに。結局一緒に寝ているから意味なかったかな……」

苦笑しつつ、アイナリアの頭を軽く撫でてみる。

爆炎竜の姿の時はあんなに頼もしく、滑らかで硬い鱗の感触が手に返ってきたのに、今は人間の柔らかさと温かさを感じる。

それが生きているといった感覚を俺に伝えてきて、王都での一件から無事に戻ってこられたのだと実感を与えてくれた。

当然それは、俺やアイナリアだけでなく、横のベッドで眠っているラナも同じだった。

昨日、ハーデン・ベルーギアを討伐した後にあった一件が、少しだけ頭をよぎった。

＊＊＊

ハーデン・ベルーギアが力尽きた後。

こちらにやってきたアイナリアは嬉しそうに、俺の胸元に鼻先を押し付けてきた。

『カケル、やったわね！』

「ああ。どうにかなったよ。まさか武器を手放す羽目になるとは思わなかったけど」

ウィンドウを開いて武器の装備を解除し、ハーデン・ベルーギアの口の中に刺さっていた天元之銀剣をアイテムボックス内に戻し、再度装備を選択して手元に戻した。

正直、本当にギリギリだった。

ハーデン・ベルーギアが《サンダーボルト》で力尽きなければ、拳が届く距離まで近づいていた俺は、奴の巨体に押し潰されていただろう。

予想を遥かに上回っていたあの一撃といい、《Infinite World》の時よりもよっぽど難敵だったのは言うまでもない。

「カケルさん、お体は……⁉」

ラナはアイナリアから降りて、駆け寄ってきた。

俺の手を取って、目の端に涙を浮かべて不安げにしている。

……こうやって勝利を分かち合い、身を心配してくれる誰かがいるのは、いいものだ。

「さっきの魔術、カケルさんも少し受けたんじゃありませんか？　空から見たら光が爆ぜたように見えましたよ！」

「平気さ。鎧もあったし、自分の魔術で自爆はしない。……とはいえ、少し休みたいかな。早くウィンダリスへ戻ろう」

俺はラナの背を押し、アイナリアに乗るよう促した。

……その時、王都の方から兵士が大挙して迫ってきているのに気づいた。

兵士の鎧には、遠目からでも青い鬣（たてがみ）の一角獣の紋章が刻まれているのが見て取れた。

「奴らが来るなんて、流石に派手にやりすぎたか？」

『えぇー、あいつら助けてやったのに追ってきたの？　無粋で恩知らずな連中なんだから……！』

アイナリアはそう言いつつも、声にいつもの覇気（はき）がない。

自身よりずっと大柄なハーデン・ベルーギアと肉弾戦を演じ、大技を放ち、俺をサポートするために延々と飛び続けていたのだ。

しかもウィンダリスから王都まで休みなく飛行した後でだ。

もし戦闘になれば、俺もアイナリアも疲弊（ひへい）している以上は不利か。

「奴らの相手をせず、さっさと退散するに限るな」

俺はラナをアイナリアの背に乗せようとしたが、ラナはじっと動かない。

どこか強い意思を感じる瞳で、兵士たちを見つめている。

「……ラナ？」

「カケルさん、少し彼らと話をさせてくれませんか」

『はぁ!?　ラナ、あんた正気？　連れ戻されるわよ？』

アイナリアの問いかけに、ラナは「はい。それでも」と返事をした。

ラナは普段の柔和さを引っ込め、気丈な雰囲気を纏って続ける。

「私は今まで、カケルさんとアイナリアさんの力を借りて逃げてきました。自由に生きるには、そうするしかないと思って。ですが……今日、カケルさんとアイナリアさんの戦いを見て思ったんです。あんな恐ろしい強敵に、それこそ王都をも脅かしていた魔竜を相手に、一歩も退かずに戦ったお二人の仲間でい続けたいのなら。……私だって、逃げちゃいけない。カケルさんとアイナリアさんのように、私も私の運命とケリをつけたいのです」

戦いの中で、ラナの中でも変わったものがあったのだろう。

……いいや、ギルドの酒場での一件もそうだったが、ラナは心根が強い子だ。

今回の戦いにもついて来て、力になってくれた。

だからきっかけがあれば、今でなくとも、いつかはこう言い出したに違いない。

それが単に、たまたま今であっただけで。

「ラナがそうしたいなら、好きにするといい。ただ、奴らが強引にラナを攫おうとしたら、俺もアイナリアも割って入るからな」

「ええ、頼りにしています。私たちの竜騎士様」

ラナは一度こちらに微笑みかけてから、表情を固くして兵士たちを見つめた。

兵士たちは俺たちの前で止まり、下馬した。

ラナが息を飲む。

アイナリアも兵士たちの一挙一動を見逃すまいと、気を張っているのが分かった。

俺もどうなってもいいよう、すぐ動けるよう集中する。

……だからだろうか、兵士たちが一斉に膝をついた時には力が抜けるようだった。

「ラナメシール姫殿下、竜騎士殿に騎竜殿。此度のご助力、心より感謝いたします。あなた方のお力で、王都は悪しき竜の魔の手から救われました」

兵士たちの纏め役と思しき男は、丁寧な口調でそう言った。

しかも彼らのとる姿勢は、《Infinite World》でもNPCの挙動で見た記憶があるが、確か最敬礼だ。

――ひとまず、即戦闘って雰囲気ではないな。

そう思い、思わず吐息が漏れたところ。

「……しかしながら神の血を引く王家の方々を守護するという立場上、不躾ながら私はこの場で、恩人である竜騎士殿に問わねばなりません。あなたはなぜ、ラナメシール姫殿下を我々の前から連れ去ったのですか。万が一にも不埒な動機ではないものと思いますが、お聞かせいただけませんでしょうか」

兵士の声に、険が混じった。

その時、ラナが声を荒らげた。

「違います！　私が望んだのです、二人と共に行きたいと。この方々は私の助けに応じただけ、一切の非もありません」

「ではラナメシール様、あなたのご意志で竜騎士殿と共に行かれたのなら、私は今一度、あなたに伏して願います。どうか、王都へお戻りください。王も、あなたのお父上も、ラナメシール様と共に暮らす日を望んでおられます」

「……それは村でも聞きました。そして私は、村でもこう問いました。なぜ母と暮らすことを望まなかった父が、今更になって私を望むのですか、と。私の姉が無事ならば、今も私は父に求められはしなかったでしょう。何度でも言います。母を見捨てた父の、政治の駒にされるのはごめんです。私はあなた方とは共に歩めません」

「ラナメシール様……どうかご理解ください。神の血を引く王家の血が絶えれば、この王国は神からの加護を失うのです。万が一にも王家の血が絶え、力を望んだ貴族あたりの血筋の者が玉座に座ったところで、まるで意味がないのです。民からの信仰も失い、この国はいずれ瓦解するでしょう」

「だから寝たきりの姉の代わりに、私に国のために子を産めと？　その子もまた、国のために生きよと言うのですか？」

「……それもまた、王家の者の務めとご理解ください」

兵士がそう言ったところで、アイナリアが低く唸った。

ハーデン・ベルーギアと戦う時でさえ聞かなかったほど、低く。

『……くだらない。そんな都合のために、ラナは住処を追われたのね……！』

今にも牙を剝きそうなアイナリアと、腰を浮かせて剣の柄を握る兵士たち。

せっかくハーデン・ベルーギアを倒したのに、このままでは兵士たちとやり合うまで秒読みだ。

それに俺も、兵士の話を聞いていて胸糞悪くなってきた。

このままラナを王家に返したところで、彼女自身の思いが尊重されるとは思えない。

一生利用され続けて、それで終わっていくのだろう。

――だからこそ考えろ。手はないか、この場でラナを王家の追手から解放する方法……！

俺は《Infinite World》での設定を頭の中で反芻し、深く記憶を洗い出す。

その末に、頭の中で閃きが駆け抜け、俺もまた覚悟を決めた。

「……いい加減にせよ。貴様らも分かっただろう。ラナメシールの意思が、思いが、魂の声が！」

努めて声を凍らせながら、ラナを庇うようにして前へと出る。

俺の口調が変わってそんなに驚いたのか、アイナリアとラナは目を見開いている。

けれどこちらに任せてくれるようで、二人は静かになった。

「そんなにもラナメシールに戻ってほしくば、まず父である王がこれまでの非礼を詫び、父と娘の絆を取り戻す方が先決であろう。たとえ一国の王であろうとも、家族の情を持つならそれが道理。であるのに、王都の傍であるこの場でさえ！　ラナメシールの父は顔すら出さぬ。そのような男の元へ、我が庇護下にある竜の巫女を返すことなど到底できぬわ、痴れ者共めが！」

言いつつ、背負った天元之銀剣を力任せに抜いて虚空を払う。

漆黒の稲妻が広がり、兵士たちは仰け反って、尻もちをつく者さえいた。

兵士の一人が上ずった声で言った。

「り、竜の巫女！　竜とその騎士に仕える、伝説の存在……！」

「然り。ラナメシールにはその資格と素質がある。我もそれを認め、同伴を許している」

……出任せである。

ラナが竜の巫女だなんて設定はさっき思いついたが、竜の巫女という存在は《Infinite World》の設定上に実在していたし、ラナも出会ったばかりの日にその名を口にしていた。

竜の巫女は古き時代、力ある竜に仕えていた魂の清き乙女であったとか。

だから俺はその設定もとい伝説を逆手（さかて）に取り、ラナはアイナリアに仕える身であるから返せないと言ってしまおうと考えていた。

だがたった今、兵士が言ったように竜の巫女はこの異世界では竜とその騎士、つまりは竜騎士にも仕えていた存在らしい。……都合がいい、ならば。

「貴様らが伝説と謳う竜騎士たる我が復活した今。竜の巫女がこの世に現れてもおかしくなかろう！　故に、我はラナメシールの救いの声に応じ、以降はこの者を側に置いているが……先ほど、貴様ら兵士の頭目が言ったな。我がラナメシールを連れ去った理由について、万が一にも不埒な動機ではないものと思うが、などと。たわけめが、貴様らがラナに求める役割の方が、よほど不埒で道理を外しているとは思わぬかッ！」

語る俺に応えているのか、天元之銀剣から漆黒の稲妻がさらに漏れ出す。

周囲空間を黒く染め上げる勢いに、兵士達が戦慄いた。

「り、竜騎士殿！　これは失礼をいたした。まさかラナメシール姫殿下が竜の巫女であったとは！　……そうか、であるからこそあなた方はわざわざ、王都を救いに来てくださったのか！」

「当然であろうが。我は仁義に基づき、仮にも我が竜の巫女の生まれ故郷である王都を救ったのだ。であるのに貴様らときたら、我と共に王都を救った竜の巫女に対して何を抜かした？　道理を弁えているのであれば、ラナメシールの願いの一つでも聞いたらどうだ」

――まあ実際、人が大勢住んでいるしラナの生まれ故郷だしって理由もあって、ハーデン・ベルーギアを最初に王都から引き離したんだしな。大嘘でもないか。

そう思いつつ、俺はラナに目配せした。

ラナはこくりと頷き、兵士たちに言った。

「父にお伝えください。私は竜の巫女としてこの方に仕え続けます。そして仁義を持って、今回のように厄災に怯え、救いを求める方々の力となります。ですから私は王都へは戻りません」

ラナの言葉に、兵士は平伏して答えた。

「伝説に曰く、最期に竜の巫女は天に昇りて神の一柱となられた。……委細承知いたしました、ラナメシール姫殿下。我らの浅慮により、あなたの往く道を妨げたご無礼、何卒お許しくださいませ。ゆくゆくは神となられる身であるならば、たとえ王家の血が絶えようとも、そのあまねく威光はこの王国を永きに渡って天より照らし続けてくださるでしょう。であるならば、国の行く末を憂う必要もありますまい」

兵士たちはそれきり、神聖で清く、侵し難いものを前にしたようにラナに平伏し続けた。

毎朝祈りを欠かさないラナもそうだが、どうやらこの国の人々は相当に信心深いようだ。

この様子では、ラナが王家の追手に苦しめられる心配もなくなっただろう。

ちょっと大きな尾ひれは付いたが、言ったものは仕方がない。

俺はアイナリアの背に乗り、ラナを引っ張り上げて後ろに乗せた。

それからアイナリアは、翼を広げて一気に飛び立った。

王都の威容が、ハーデン・ベルーギアの亡骸が、兵士たちの姿がどんどん小さくなってゆく。

それらが振り返っても見えなくなり、蒼穹に俺たちと雲以外がなくなったところで、アイナリアが吹き出した。

『ぷっ……あはははははっ！　傑作だったわねカケル！　竜騎士っぽい貫禄も出ていたし、あんた結構口も達者じゃない！　竜の巫女の伝説はあたしも知っているけど、そっちに結びつけて解決するなんて驚いたわ』

「咄嗟に出たのがそれだったんだ。俺が伝説の竜騎士なら、ラナが竜の巫女でも全然問題ないだろ？」

「も、問題はありますっ！　自由になるためとはいえ、私があの竜の巫女だなんて恐れ多い……！」

ラナは若干あわあわしてから、こほんと小さく咳払いした。

「……でもカケルさん、ありがとうございました。カケルさんがああ言ってくださらなければ、どうなっていたか分かりませんでした。また、助けられてしまいましたね」

「何度だって助けるさ。俺たち、一緒に戦って冒険もした仲間だろ？」

「……！　はいっ！」

ラナが後ろから俺にしがみつく力が、少し増した気がした。

というか、全身を密着させて抱きついてきている感覚だ。

鎧越しだからよくは分からないけれど、アイナリアがじーっとラナに視線を送っていた。

「……？　なんでしょう、アイナリアさん？」

『あたしの背中にいる時だけよ？　街中でそんなにカケルとベタベタしてたら怒るわよ？』

「ええ、カケルさんの相棒はアイナリアさんですものね。ですが……」

ラナはいたずらっぽく、くすりと笑った。

「私はこれでも、竜の巫女とカケルさんに呼ばれた身ですから。今後は今まで以上にお力になって、お仕えします。朝も昼も夜も、それこそアイナリアさんの手を煩(わずら)わせないくらいにです」

『夜はあたしの魔力供給があるから余計よっ！　……カケル！　やっぱなしっ！

ラナが竜の巫女って設定は今すぐ消しなさい!!』

俺たちがウィンダリスに帰還(きかん)するまでの空の旅路は、行きよりもずっと明るく、賑(にぎ)やかなものだった。

＊＊＊

昨日の一件を思い返していたら、アイナリアとラナがもぞもぞと起き出してきた。

俺は二人に、しばらくのんびり休もうと提案した。

ハーデン・ベルーギアとの戦いも激しかったし、ラナの件も片付いた。

少しくらい羽を伸ばしたって、神様からバチは当たらないはずだ。

それから俺たちは街に繰り出し、噴水のある公園で少し腰を下ろして、街並みや道を行く人々を眺めながら談笑していた。

またあの魔道具店に顔を出そうとか、その前に服を増やしたいとか。

ラナの武器は何がいいとか、今度王都にはひっそりと観光しに行きたいとか。

……ひとしきり話したところで、ふとアイナリアが呟いた。

『実はね、朝方はあの鉄くず……ハーデン・ベルーギアの夢を見たのよ』

「夢？」

『そう、真っ白な何もない場所で、あいつが誰かと話していた夢。どうしてあんな変な夢を見たのかは分かんないけど……そうね。ある意味、あいつは未来のあたしの姿だから。他人事にはできないから、かもね』

アイナリアは相変わらず茶化した物言いをする。

けれど彼女の言葉は、少しだけ重たかった。

確かにハーデン・ベルーギアは、ある意味では、未来のアイナリアの姿なのだ。

あんなふうに人も魔物も見境なく襲い食らうようになる、という意味ではなく。

俺が怪我や病や寿命なりでこの世を去った後、アイナリアは奴のように、契約者の魔力を失い一人になる。

皮肉にも、ハーデン・ベルーギアは身を以て教えてくれたのだ。

竜騎士を失った、騎竜の末路、その一つを。

そんなふうに考えていると、アイナリアは俺の顔を覗き込んできて『そんな顔しないの！』と太陽のような笑みを浮かべた。

『カケルが死んだら潔くあたしも消えるもの。ああはならないから、安心なさいな。力を追い求めた代償に、花火のように短く散る……覚悟なら最初からできているのよ。それがあるから今のあたしはあって、あいつにも勝てたんだもの。力で勝るなんて、竜にとってこれ以上誉れ高い生き方はないんだから！』

アイナリアは曇りのない瞳でそう言った。

そんな相棒の姿を、俺はどこか高潔だと感じていた。

自らの選択に悔いない、その末路を受け入れると。

前に俺は、アイナリアにこう言った。「アイナリアがそんなに覚悟を決めて、契約にも納得しているなら。俺も相棒であるアイナリアには後悔させないようにする」……と。

アイナリアに誓ったように、俺もまた、高潔とまではいかなくとも彼女をがっかりさせるような竜騎士にはなりたくない。

だからああやって、少し大変ではあったけれど、その意味でも竜騎士としてハーデン・ベルーギアを倒したのは間違いではなかったのだ。

――アイナリアの言っていた『あたしたちの竜騎士伝説、この世界でもう一回やり直すわよ！』ってやつ。少しは近づけたかな？

「その伝説ってやつにさ……」

『……カケル？』

「いんや、なんでもない。そろそろ腹減ったし、昼食にしようか」

「いいですね。どこに行きましょう？」

意外と大食いなラナは、瞳を輝かせて急かしてくる。

『あ、だったらギルドの酒場に行かない？　前に食べ損(そこ)ねた焼きグルゥ肉のチーズ乗せってやつ食べましょ！』

「またヘビーそうなチョイスだな……って、分かった、分かったからそんな目でこっちを見るな二人とも」

アイナリアとラナは二人揃って「『えっ、だめ？』」といった表情になっていた。

あんな顔をされては、行かないと言った方が無粋(ぶすい)だ。

「じゃ、ギルドに行こうか。依頼書もどんなのがあるか、ちらっと目を通せるしな」

『休みの日まで仕事のチェックなんて、カケルは真面目ねー』

「そこがいいんですよ、私たちの竜騎士様は」

ラナは我慢できなくなったのか「さあ、早く早く！」とアークトゥルスへと駆け出していく。

小さな背を追いかける最中、街を行く人々が口々に何か話しているのを耳にした。

「ねえ、知ってるあの話？　昨日王都が魔竜に襲われたって」

「そりゃ知らねー奴の方が少ないさ。昨日から各所の通信魔導器が鳴りっぱなしだし」

「だが伝説の竜騎士様と竜の巫女様が炎の竜に乗って、魔竜を倒して王都を救ったんだろ？」

「竜殺しは最上位冒険者の条件、なんて言われているよな。もしかしたらその正体は、王都のグローリアス所属の凄腕冒険者かもしれないぞ？」

すれ違う人々は、何気ない顔でそれらを口にする。

けれど当然、それは俺たちの耳にも届いている訳で。

どん！　とアイナリアが楽しげに肩を組んできた。

『俺たちの当面の目標は、最上位冒険者だ！　……だっけ？』

「《Infinite World》と異世界じゃ随分と認定条件に差があるらしいし、公には最低級だけどな」

『だとしても叶ったわね、あたしたちの目標は！』

「ああ。……ああ、そうだな」

非公式ながら、予期せずして達成したらしい目標に。

俺とアイナリアはハイタッチをして、ギルドへの道を進んでいった。

＊＊＊

王都へと魔竜が襲来した、その事件は風のように疾（はや）く、国中の人々へと伝わっていった。

人々の噂話として、手紙として、報告として……それは広く、高く駆けてゆく。

さらに人々の願い、望み、憧れを受けながら、より広大な物語として昇華してゆく。

……そんな折、誰かがそれを口にした。

——天が裂け、地が砕かれて、大海が沸き、その驍勇に世は震える。

——其の者、猛き竜を駆り、無限の蒼穹に住まう者。

——其の者、輝ける巫女を傍らに、燦々たる奇跡を招く者。

——其の者、一振りの刃で数多の魔を駆逐せし者。

――黒より暗き鋼を纏い、炎の帳を得て降り立つは、悠久に輝く華の都。

――かくして其の者、仇なす魔竜を天雷で破らん。

それはこの世界に生まれた、新たな竜騎士伝説の幕開けの詩。
古の伝説であった竜騎士が再びこの世へ舞い戻ったとして、赫々たるその詩は、
いつしかこう呼ばれるようになっていった。

――転生竜騎の英雄譚と。

あとがき

読者の皆様、本作を手に取っていただきありがとうございます。

八茶橋らっくと申します。

【転生竜騎の英雄譚】いかがだったでしょうか。

私の執筆作品には大抵の場合はドラゴンが登場するのですが、本作もそれに漏れずにドラゴンを主軸に据えた作品となっています。

ドラゴンを相棒に蒼穹を飛び、自由に異世界を駆ける、本作を通してそんな冒険へと皆様を少しでも誘うことができたのなら、とても嬉しく思います。

……と、私の思いは一旦さておき、せっかくなのでここで本作についての掘り下げもさせていただければと。

本作を通して伝えられるテーマがあるとするならば、それは強い心の結びつき、即ち「絆」と言えるものではないかと考えています。

主人公のカケルがアイナリアにふさわしい、せめて彼女を後悔させない竜騎士になると誓ったように。アイナリアがこれまで一緒に戦ってきたカケルを強く信頼し、異世界でもそれは変わらなかったように。ラナが終始薄情だった身内ではなく、仲間と一緒に行く道を選んで貫いたように。己が重んじてきた誇りを踏みにじりながらも、ハーデン・ベルーギアがマリーを想って戦い続けたように。

誰かが誰かを想い結びつく「絆」こそが、この作品の象徴なのだと感じています。

そうして譲れない「絆」を抱きながら真正面からぶつかり合ったカケルとハーデン・ベルーギアは、きっと胸に秘めた「大切な誰かへの想い」だけは両者共に間違ってはいなかったのでしょう。

……とかなんとか、ここまで大層なお話をさせていただきましたが……そうそう。

ついでに本編に入れ込めなかったハーデン・ベルーギアの小ネタも少しだけ。

彼の名前については、作中でも花好きだったマリーがハーデンベルギアという花から授けたものです。ハーデンベルギアの花言葉は「奇跡的な再会、運命的な出会い」だそうです。運命的な出会いは二人の邂逅から、奇跡的な再会の方はそれを願ったマリーの想いから。そしてハーデン・ベルーギアの物語は……そうです。

その幕引きは、名を授けた彼女が願った奇跡的な再会によって……。

それもまた絆が引き寄せた結末と救いであったのかもしれません。

最後に改めまして、本作に関わってくださった皆様に感謝申し上げます。

特に作品と丁寧に向き合ってくださった編集者のS様、N様。美麗なイラストを描いてくださったひげ猫様。そして何より本作を手に取ってくださった読者様。
本当にありがとうございます。
またどこかでお会いできますと嬉しいです。

二〇二二年　五月吉日

八茶橋らっく

Jノベルライト文庫

転生竜騎の英雄譚
～趣味全振りの装備と職業ですが、異世界で伝説の竜騎士始めました～

2022年6月11日　初版第1刷発行

著　　者　八茶橋らっく
イラスト　ひげ猫
発 行 者　岩野裕一
発 行 所　株式会社実業之日本社
〒107-0062　東京都港区南青山5-4-30
emergence aoyama complex 2F
電話（編集）03-6809-0473
　　（販売）03-6809-0495
実業之日本社ホームページ　https://www.j-n.co.jp/

印刷・製本　大日本印刷株式会社
装　　丁　AFTERGLOW
D T P　ラッシュ

ISBN978-4-408-55729-8（第二漫画）